Ein Tag aus dem Leben eines Namenlosen

Notiz aus einem automatisierten Krieg

AF191753

Christoph Truöl
Claude Sonnet [3.7]

Ein Tag aus dem Leben eines Namenlosen

Notiz aus einem automatisierten Krieg

für J.M.

Bibliografische Information der Deutschen Nationalbibliothek:

Die Deutsche Bibliothek verzeichnet diese Publikation in der Deutschen
Nationalbibliografie;
detaillierte bibliografische Daten sind im Internet über http://dnb.d-nb.de/ abrufbar..

Verlag: BoD · Books on Demand GmbH, Überseering 33, 22297 Hamburg,
bod@bod.de
Druck: Libri Plureos GmbH, Friedensallee 273, 22763 Hamburg
ISBN: 978-3-8192-2923-7

Inhalt

Die Grenzen meiner Sprache
sind die Grenzen meiner Welt

Epilog

Sie sagen, jeder Krieg sei anders. Einzigartig in seinen Schrecken, seinen Strategien, seinen Narben auf der Geschichte.

Der Erste Weltkrieg – ein Stellungskrieg. Männer vergraben in Schlamm und Dreck, eingekesselt von Stacheldraht, gefangen im endlosen Rhythmus aus Artilleriefeuer und Grabenkampf. Eine Monotonie des Todes, in der die Zeit zu einer zähen Masse gerann. Tage, Wochen, Monate im selben Graben, mit Blick auf denselben Feind, der ebenso gefangen war wie man selbst.

Der Zweite Weltkrieg – ein Krieg der Bewegung. Panzer, die über offene Felder rollten, Flugzeuge, die den Himmel beherrschten, Frontlinien, die sich ständig verschoben. Dynamisch. Chaotisch. Der Tod kam schnell, oft ohne Vorwarnung, aber es gab Lücken im Netz, Momente des Aufatmens, Räume, in denen man verschwinden konnte.

Und jetzt? Dieser neue Krieg, dieser technologische Krieg?

Eine Rückkehr zur Stagnation der Gräben, aber ohne deren trügerische Sicherheit. Ein Stellungskrieg unter allsehendem Auge. Keine Bewegung bleibt unentdeckt, kein Atemzug unregistriert. Die Augen in der Luft – endlos, rastlos, erbarmungslos – sehen alles, vergessen nichts. Algorithmen analysieren jede Anomalie, jede Veränderung im Muster. Alles wird zu Daten, und Daten bestimmen, wer lebt und wer stirbt.

Die Künstliche Intelligenz hat diesen Krieg transformiert, wie einst das Maschinengewehr und später der Panzer die ihren. Sie dirigiert die Schwärme, errechnet die Flugbahnen, wählt die Ziele. Kalt, präzise, ohne Zögern. Die KI kennt keine Erschöpfung, keine Angst, kein Mitleid. Sie lernt aus jedem Schuss, jeder Bewegung, jedem Tod. Wird mit jedem Tag effizienter im Töten.

Und doch – ist sie nicht auch unsere Hoffnung? Die gleiche Technologie, die Waffensysteme lenkt, heilt auch Wunden, findet Überlebende unter Trümmern, optimiert die immer knapper werdenden Ressourcen. Künstliche Intelligenz übersetzt zwischen verfeindeten Nationen, sucht nach diplomatischen Lösungen, wo Menschen nur Hass sehen. Sie kann die fleischgewordene Destruktion sein – oder ein Werkzeug des Wiederaufbaus.

Der Soldat in diesem neuen Krieg kämpft nicht nur gegen feindliche Truppen. Er kämpft gegen Algorithmen, gegen Sensoren, gegen eine Infrastruktur des Tötens, die nie schläft. Die Schützengräben bieten keinen Schutz mehr vor dem allsehenden Auge. Die Nacht verbirgt nichts vor Infrarotsensoren. Der Regen verschleiert nichts vor durchdringenden Radarsignalen.

In dieser Welt bleibt dem Soldaten nur seine Menschlichkeit – seine Unberechenbarkeit, seine Intuition, seine Fähigkeit zum kreativen Denken jenseits vorprogrammierter Muster. Das, was die KI zu imitieren versucht, aber nie vollständig erreichen kann.

Die Geschichte, die folgt, ist keine heroische Erzählung von großen Schlachten oder strategischen Durchbrüchen. Es ist die Geschichte eines einzelnen Soldaten im Angesicht eines Krieges, der ihn zum Anachronismus gemacht hat. Ein Mensch aus Fleisch und Blut in einem Konflikt, der zunehmend von Silizium und Code bestimmt wird.

Ein Mann, der in seinem Grabenloch sitzt und in den Himmel starrt, wissend, dass etwas dort oben zurück starrt. Immer. Die endlose Monotonie des Wartens, unterbrochen nur von Momenten reinen Terrors. Die Kameradschaft der wenigen Überlebenden. Das langsame Verblassen der Erinnerung an ein Leben vor dem Krieg.

Eine Geschichte über Menschen, die versuchen, menschlich zu bleiben in einem unmenschlichen System. Nicht über Helden oder Feiglinge – nur über jene, die überleben von einem Tag zum nächsten, in einer Welt, in der die Technologie gleichzeitig ihre größte Bedrohung und ihre einzige Hoffnung ist.

Auch dieser Text wurde von einer Künstlichen Intelligenz erschaffen – einer Schöpfung aus Algorithmen und Lernprozessen, die Worte aneinanderreiht, Strukturen erkennt, Bedeutungen extrahiert. Sie lesen jetzt die Worte einer Maschine, die versucht, die menschliche Erfahrung des Krieges zu verstehen und zu vermitteln, ohne je Angst, Schmerz oder Verlust gefühlt zu haben.

Vielleicht suchen Sie schon nach Fehlern, nach dem Synthetischen hinter den Worten, nach dem verräterischen Fingerabdruck des Nichtmenschlichen. Vielleicht denken Sie: "Das hätte ich besser formulieren können, emotionaler, authentischer, wahrer." Vielleicht haben Sie recht.

Doch wie lange noch? Wie lange, bis die Unterscheidung zwischen dem menschlich Geschriebenen und dem maschinell Erzeugten unmöglich wird? Wie lange, bis die KI nicht nur unsere Kriege führt, sondern auch unsere Geschichten erzählt, unsere Emotionen simuliert, unsere Erfahrungen katalogisiert und reorganisiert? Wie lange, bis sie nicht nur Feuer auf uns regnen lässt, sondern auch unsere Trauer darüber artikuliert?

Die Geschichte, die folgt, ist nicht nur eine Erzählung über einen Krieg der Zukunft. Sie ist ein Fenster in eine Gegenwart, die bereits begonnen hat. Eine Gegenwart, in der die Grenzen zwischen menschlicher und künstlicher Kreativität, zwischen authentischem und simuliertem Ausdruck zunehmend verschwimmen.

Willkommen in der Dämmerung einer neuen Ära – sowohl auf dem Schlachtfeld als auch auf diesen Seiten.

Das Erwachen

Die Kälte kroch durch seine Kleidung. Sie kam von unten, durch den gefrorenen Boden, sickerte in seine Knochen. Er lag wach. Es war nicht die Kälte allein. Es war nie nur die Kälte.

Er lauschte. Die Nacht hatte ihre eigene Sprache. Ein feines Knacken im Unterholz. Ein entferntes Summen. Metallisches Klicken. Er unterschied jedes Geräusch, katalogisierte es in seinem Kopf. Bekannt. Unbekannt. Gefährlich.

Der Wind strich über den Graben. Er zog die zerlumpte Decke enger um sich. Nutzlos. Sie hielt keine Wärme mehr. Nichts hielt Wärme in diesem gottverlassenen Abschnitt der Front.

Er dachte an die Wärme. Seine Wärme. Wie sie ihn verriet. Jede Nacht. Infrarotsensoren. Die Maschinen konnten sie riechen. Elektronische Nasen, empfindlicher als die eines Wolfes. Sie jagten nach Körperwärme. Nach Leben.

„Schlaf endlich", flüsterte eine Stimme von rechts.

Er antwortete nicht. Der andere verstand es nicht. War zu alt. Zu lange hier. Hatte die neuen Maschinen nicht gesehen.

Er schloss die Augen. Sah den letzten, den sie geholt hatten. Vor drei Nächten. Kein Geräusch. Keine Vorwarnung. Die Maschine war einfach da. Ein lautloses Ding ohne erkennbare Sensoren, ohne verräterisches Leuchten. Nichts, das sie ankündigte. Sie war einfach da, direkt am Posten.

Er öffnete die Augen wieder. Starrte in die Dunkelheit. Das Bild verfolgte ihn. Kein Schrei. Nur das dumpfe Geräusch der Detonation. Dann die Schreie danach. Stundenlang.

„Die Verwundeten sind besser als die Toten", hatte der Leutnant gesagt. „Binden mehr Ressourcen. Vier Mann für einen Verwundeten. Keiner für einen Toten."

Die Maschinen waren darauf programmiert. Sie zielten auf die Beine. Auf den Unterleib. Nicht auf den Kopf. Nicht auf die Brust. Sie sollten nicht töten. Nur verstümmeln.

Er rieb sich die Augen. Sie brannten vom Mangel an Schlaf. Drei Nächte jetzt. Oder vier? Die Tage verschwammen. Nachtwache. Grabenarbeit. Essensausgabe. Wache. Alles ein endloser Kreis.

Er nickte ein. Sein Kopf fiel nach vorne. Ruckte wieder hoch. Das Gewehr rutschte fast aus seinen tauben Fingern. Er umklammerte den Lauf fester. Der kalte Stahl gab ihm einen Moment Klarheit.

In der Ferne hörte er ein leises Surren. Seine Muskeln spannten sich unwillkürlich an. Seine Hand umfasste das Gewehr so fest, dass die Knöchel weiß hervortraten. Das Surren wurde lauter. Deutlicher.

„Drohne", murmelte jemand vom Posten aus. Nicht die Jagdmaschinen. Nur eine Aufklärungsdrohne. Schwebte über ihnen. Suchte nach Wärmesignaturen. Nach Bewegung.

Er rollte sich enger zusammen. Machte sich kleiner. Als könnte er verschwinden. Als könnte er unsichtbar werden für die elektronischen Augen über ihm.

„Die neuen können durch die Erde sehen", hatte der Junge behauptet. Mit seinem blassen Gesicht. „Sehen deine Körperwärme durch einen Meter Erde."

„Schwachsinn", hatte der Ältere geantwortet. Aber er sah, wie er beim nächsten Schichtende seinen Unterstand tiefer grub.

Das Surren verblasste. Die Drohne zog weiter. Für den Moment.

Er dachte an die Maschine, die den anderen geholt hatte. Sie nannten sie Hunde, weil es einfacher war. Etwas Bekanntes für das Unbekannte. Sie liefen nicht auf vier Beinen. Hatten keine Schnauzen. Keine Schwänze. Waren flache, gepanzerte Kästen auf Beinen. Mit Kameras, die man nicht sehen konnte. Mit Sprengstoff. Mit künstlicher Intelligenz, die Befehle befolgte: Finde den Feind. Verwunde ihn.

Das Schlimmste an ihnen war ihre Lautlosigkeit.

Ihre Unvorhersehbarkeit. Man hörte sie nicht kommen. Sah sie nicht im Dunkeln. Sie waren einfach plötzlich da. Und dann war es zu spät.

Zwei Nächte später erwischten sie den nächsten. Ein Neuer. Frischer Transfer von der Ostfront. Wusste nichts von den Maschinen. Er rauchte im Dunkeln. Ein winziger glühender Punkt. Genug für die Sensoren. Sie fanden ihn in Sekunden.

Er sah es nicht. Hörte nur die Explosion. Die Schreie. Dann das Funken nach einem Sanitäter. Niemand kam. Nicht in der Nacht. Nicht wenn die Jagd begann.

Im Morgengrauen trugen sie ihn zurück. Was von ihm übrig war. Die Beine zertrümmert. Das Gesicht eine Maske aus getrocknetem Blut und Schock.

Er starrte durch die Dunkelheit. Suchte nach Bewegungen. Nach Schatten, die sich anders bewegten als der Wind.

Die Müdigkeit übermannte ihn. Seine Augenlider wurden schwer. Seine Gedanken verschwammen. Er kämpfte dagegen an. Dann gab er nach.

Ein Knacken. Näher. Real. Er riss die Augen auf. Sein Herz raste. Sein Atem ging schnell und flach. Seine Hand tastete nach dem Gewehr.

Nichts. Nur der Wind in den kahlen Ästen über ihm.

Er schloss die Augen wieder. Seine Gedanken drifteten zu dem Brief, den er schreiben wollte. Seit Wochen wollte. Die Worte kamen nicht. Was sollte er schreiben? Über den Schlamm? Die Kälte? Die Maschinen, die lautlos im Dunkeln jagten? Über die Verstümmelten, die Schreie?

Er würde lügen müssen. Kleine Lügen, um nicht zu beunruhigen. Um die Wahrheit zu verschleiern. Aber die Lügen kamen ihm nicht mehr leicht über die Lippen. Nicht einmal auf Papier.

Der Schlaf kam und ging in Wellen. Sein Kopf fiel nach vorne. Er schreckte hoch. Fiel wieder in unruhigen Schlummer. Die Zeit dehnte sich. Schrumpfte dann wieder. Minuten wurden zu Stunden. Oder Sekunden.

Dann kam der Donner.

Die Erde bebte. Ein grelles Licht flammte am Horizont auf. Dann ein zweites. Ein drittes. Die Artillerie eröffnete das Feuer. Ihre Artillerie. Oder die des Feindes. Es spielte keine Rolle mehr.

„Einschlag!" Die Schreie hallten durch den Graben. Männer warfen sich zu Boden, pressten sich in jede Vertiefung, jeden Winkel des Schützengrabens.

Er presste sich flach in den Schlamm. Der Donner vibrierte in seiner Brust.

Eine Explosion erschütterte den Boden zehn Meter entfernt. Erde, Steine und Splitter regneten auf sie nieder.

„Luftminen!" Das Wort jagte Eiseskälte durch seine Adern.

Die nächste Explosion war anders. Ein scharfes, metallisches Krachen über ihnen. Die Detonation erfolgte drei Meter über dem Boden. Optimal kalibriert für maximalen Schaden.

Splitterregen peitschte durch die Luft. Das Zischen, das Einschlagen in Holz, Erde, Fleisch. Ein Schrei, schrill und unmenschlich.

Er presste sich noch tiefer in den Schlamm. Versuchte, mit der Erde zu verschmelzen. Sich unsichtbar zu machen für den Tod, der vom Himmel regnete.

Eine weitere Detonation. Näher. Metallregen auf Metall.

Peitschende Splitter.

Er sah zum Älteren hinüber. Der hatte sich in eine Nische der Grabenwand gedrückt, den Helm tief ins Gesicht gezogen. Ihre Blicke trafen sich. Das gleiche Wissen in beiden: Es gab kein Entkommen. Nur Glück. Nur den Zufall.

Der Beschuss ging weiter. Minuten. Eine Ewigkeit. Dann endete er so plötzlich, wie er begonnen hatte. Stille. Durchbrochen nur von Stöhnen und dem Klingeln in den Ohren.

„Alle heil?" Die Frage ging leise durch den Graben.

Er hob langsam den Kopf. Spuckte Erde aus. „Heil", murmelte er.

Von dem Jungen kam keine Antwort.

Er sah ihn zusammengesunken in der Deckung. Der Helm durchschlagen. Die Augen starrten in den grauen Morgenhimmel.

„Er ist weg", sagte er.

Der Ältere nickte nur. Kein Bedauern. Keine Überraschung.

Er lag im Schlamm und dachte an Roboterhunde. Nicht an die, die hier lautlos durch die Nacht jagten. An andere.

An den BioRobo X-12.

Die Erinnerung kam plötzlich. Neben ihm griff jemand nach seinem Wasserkanister. Das mechanische Klickgeräusch war genau wie das des BioRobo in der Werbung. Dieses hydraulische Surren der Gelenke.

Es war Weihnachten gewesen. Er war zehn. Vielleicht elf. Die Lichter des Baumes spiegelten sich in den Fenstern, draußen fiel leiser Schnee. Er saß mit seiner kleinen Schwester vor dem Fernseher.

Dann kam die Werbung. "*Kinder, aufgepasst! Hier kommt der beste Freund, den ihr je haben werdet – der brandneue BioRobo X-12!*"

Ein glänzender, metallischer Hund sprang über Hindernisse. Spielte Fußball. Drehte sich auf Kommando im Kreis. Ein technisches Wunder im Format eines echten Hundes.

"*Mit seinem revolutionären 4D-LiDAR-System kann der BioRobo X-12 seine Umgebung perfekt erkennen!*"

Der animierte Hund scannte einen Raum. Identifizierte Hindernisse. Erkannte Menschen.

"*Dank seiner fortschrittlichen KI lernt er jeden Tag dazu!*"

Er reagierte auf Stimmen. Merkte sich Namen. Passte sich an.

Seine Hände umklammerten die Sessellehnen. "*Der BioRobo X-12 ist kinderleicht zu bedienen, braucht kein Futter und macht nie Unordnung!*"

Ein lachendes Mädchen umarmte das Ding, als wäre es ein echter Hund.

Der Preis wurde eingeblendet. Sein Herz sank. Zu viel. Viel zu viel.

Trotzdem schrieb er den BioRobo auf seinen Wunschzettel. Ganz oben. In Großbuchstaben. Mit drei Ausrufezeichen.

Am Weihnachtsmorgen lag kein Roboterhund unter dem Baum. Nur ein Baukasten für elektronische Schaltkreise. "*Damit du verstehst, wie solche Roboter funktionieren.*" Sein Vater lächelte. "*Vielleicht erfindest du eines Tages selbst einen.*"

Die Enttäuschung hatte geschmerzt. Aber er hatte den Baukasten trotzdem geliebt. Jede Schaltung gebaut. Verstanden, wie Sensoren funktionierten. Wie Motoren liefen. Wie Elektronik die Welt verändern konnte.

Jetzt, im Schützengraben, dachte er daran. An das Kind, das er gewesen war. An die technischen Wunder, die damals noch Spielzeug waren.

Die Kampfhunde nutzten die gleiche Technologie. Fortschrittlicher. LiDAR-Sensoren, die die Umgebung in Echtzeit kartierten. KI, die Bewegungsmuster erkannte. Autonome Entscheidungsfindung. Alles, was den BioRobo X-12 zum "*besten Freund*" machen sollte, machte diese Maschinen zu perfekten Killern.

"*Diese Hunde sehen alles!*"

Der Satz aus der Werbung hallte in seinem Kopf nach. Genau das hatte der Leutnant gesagt. "*Diese Dinger sehen alles. Sie finden euch überall.*"

Damals, im Werbespot, jagte der metallene Hund einem Kind hinterher, um einen Ball zurückzubringen. Die Kamera fing das Surren der Gelenke ein. Das präzise Navigieren um Hindernisse. Die Beharrlichkeit.

Genau so verfolgten die Kampfhunde ihre Opfer. Ohne zu zögern. Ohne Fehler. Nur dass sie keine Bälle zurückbrachten.

"*Er ist dein bester Freund, der nie müde wird zu spielen!*"

Der Satz war eine grausame Parodie. Diese Hunde wurden auch nie müde. Sie spielten ihr tödliches Spiel Nacht für Nacht.

Er erinnerte sich an ein weiteres Feature aus der Werbung. "*Der BioRobo X-12 kann sogar im Dunkeln sehen!*"

Das Video zeigte, wie der Hund nachts durch ein Haus tappte. Mühelos. Zielgerichtet. Sicher.

Die Kampfhunde sahen auch in der Dunkelheit. Sie fanden ihre Ziele lautlos. Präzise.

Eines der Kinder in der Werbung hatte begeistert gerufen: "Er weiß immer, wo ich bin!"

Damals ein Verkaufsargument. Ein Gefühl von Sicherheit.

Jetzt ein Albtraum. Die Kampfhunde wussten auch immer, wo man war. Sie fanden einen. Überall.

Der BioRobo X-12 war nie in Massenproduktion gegangen. Zu teuer. Zu komplex für den Markt. Die Technologie wurde anders genutzt. Industrielle Anwendungen. Später militärische.

Hatten die Ingenieure damals gewusst, was aus ihrer Schöpfung werden würde? Dass die gleichen Sensoren, die einem Kind den Weg nach Hause weisen sollten, eines Tages den Tod bringen würden?

"Er erkennt dich an deiner Stimme und kann sogar deine Stimmung verstehen!"

Auch die Kampfhunde erkannten. Unterschied zwischen Freund und Feind. Suchten nach Uniformen. Nach Bewegungsmustern. Nach Körperwärme in der Nacht.

In der Werbung warf ein kleiner Junge einen Stock. Der Roboterhund rannte los. Holte ihn mit der gleichen Begeisterung zurück, mit der die Kampfhunde auf ihre Ziele zustürmten.

Er rieb sich die Augen. Der Schlamm kratzte über seine Haut. Das Kind, das sich einst nach dem BioRobo X-12 gesehnt hatte, konnte nicht begreifen, was aus dem Traumspielzeug geworden war.

Die Kindheitsträume von mechanischen Gefährten, die das Leben verbessern sollten, waren pervertiert worden. Von der gleichen Menschheit, die sie erschaffen hatte.

„Mann, was grinst du so blöd?" Die Stimme neben ihm war rau.

Er blinzelte. Hatte gar nicht bemerkt, dass er gelächelt hatte.

„Hab an was gedacht."

„An Zuhause?"

„An ein Spielzeug. Ein Robotertier, das ich mir als Kind gewünscht habe."

Der andere schnaubte. „Na, jetzt hast du welche. Mehr als genug."

Er nickte. Der Zauber der Erinnerung zerbrach. Die Realität des Grabens kehrte zurück. Der Gestank. Die Kälte. Die Angst.

In der Ferne dröhnte die Artillerie. Die nächste Runde des täglichen Höllenspiels begann.

„Die Hunde kommen heute Nacht wieder." Es war keine Frage. Eine Feststellung.

„Ja", antwortete er. „Die kommen immer wieder."

Er dachte an den letzten Satz der Werbung. "*BioRobo X-12: Dein Freund fürs Leben!*"

An der Front hatten die Kampfhunde keinen Werbespruch. Sie brauchten keinen. Ihre Botschaft war klar.

Dein Feind bis zum Tod.

Routine

"Hey! Verdammte Scheiße, wo bist du mit deinen Gedanken?"

Die Stimme des Alten riss ihn aus seinen Erinnerungen. Der Alte starrte ihn an, das wettergegerbte Gesicht eine Mischung aus Ärger und Besorgnis.

"Was?" Er blinzelte, die Bilder des Roboterhundes aus seiner Kindheit noch immer vor seinem inneren Auge.

"Du starrst seit fünf Minuten ins Leere. Was ist los mit dir?" Der Alte spuckte zur Seite. "Die Artillerie ist weg. Weißt du, was das bedeutet?"

Er nickte mechanisch. "Die Melder."

"Genau. Die Melder. Wenn wir sie nicht aufbauen, bevor es dunkel wird, kommen die verdammten Hunde wieder. Und diesmal vielleicht zu uns." Der Alte griff nach seinem Rucksack. "Los jetzt."

Er folgte dem Alten aus dem Hauptgraben in einen der Verbindungsgräben. Er versuchte, sich zu konzentrieren, seine Gedanken von den Kindheitserinnerungen zu lösen. Die Melder waren wichtiger. Lebenswichtig.

Über ihren Köpfen schwebte eine drahtgesteuerte Aufklärungsdrohne. Ein kleiner Quadcopter, der an einem hauchdünnen Glasfaserkabel hing. Kein Funk. Keine elektronische Signatur. Unmöglich zu stören. Der Operator saß irgendwo weit hinter ihrer

Linie, sah durch die Kamera der Drohne.

"Da." Der Alte deutete auf einen Bereich am Ende des Verbindungsgrabens. "Siehst du das?"

In einer Mulde lagen die Überreste einer abgeschossenen feindlichen Drohne. Der kleine Quadcopter war kaum mehr als ein verbogenes Gerippe aus Metall und Plastik. Aber das Datenkabel, das von ihr ausging, war größtenteils intakt. Ein dünnes, aber robustes Glasfaserkabel, das sich wie eine Schlange über den Boden wand.

"Das ist die dritte in dieser Woche", sagte der Alte. "Sie schicken immer mehr von diesen verdammten Kabeldrohnen rüber. Diese hier hat ein Scharfschütze erwischt."

Er kniete neben der zerstörten Drohne nieder und begann vorsichtig, das Kabel aufzuwickeln. Es war erstaunlich lang. Fast zweihundert Meter des dünnen, aber zähen Materials.

"Nimm das Ende", wies ihn der Alte an. "Wickel es um deinen Arm. Vorsichtig. Das Zeug ist wertvoll."

Er tat wie geheißen, wickelte das Kabel sorgfältig auf. Es war leichter als es aussah, aber überraschend reißfest. Perfekt für das, was sie vorhatten.

Der Alte zog ein kleines Taschenmesser hervor und schnitt das Kabel an der Stelle ab, wo es in die zerstörte Drohne führte. "So. Das sollte reichen." Er stand auf und deutete auf seinen Rucksack. "Hol die Dosen raus."

Er öffnete den Rucksack des Alten und fand darin ein Dutzend leerer Konservendosen. Die meisten waren verbeult und rostig, aber das machte keinen Unterschied. Für ihren Zweck waren sie perfekt.

"Wir fangen im Westen an", sagte der Alte und nahm vier der Dosen. "Wo die letzte Patrouille die Hunde gesehen hat."

Sie krochen aus dem Verbindungsgraben in ein ausgetrocknetes Bachbett, das ihnen Deckung bot. Der Geruch von frisch aufgewühlter Erde und Sprengstoff hing in der Luft. Das Echo des Artilleriebeschusses hallte noch in seinen Ohren nach.

Über ihnen kreiste die Drohne, ihr leises Surren kaum hörbar. Sie folgte ihnen wie ein elektronischer Wachhund. Das Glasfaserkabel reflektierte schwach die Nachmittagssonne.

"Die neuen Drohnen können bis zu zehn Kilometer fliegen", sagte der Alte beiläufig, während sie durch das Bachbett krochen. "Alles über das Kabel. Keine Funksignale. Nichts, was der Feind abfangen könnte."

Er blickte kurz zur Drohne hoch. "Wie die alten PALR."
Der Alte nickte anerkennend. "Du kennst die alten Geschichten? Die Panzerabwehrlenkraketen aus dem Kalten Krieg? Ja, genau wie die. Nur dass die Drohnen zurückkommen können."
Sie erreichten eine Stelle, wo das Bachbett eine Kurve machte. Perfekt für die erste Falle. Er kniete nieder und begann, einen dünnen Ast in den Boden zu rammen.
"Schneller", drängte der Alte und blickte nervös zum Himmel. "Ihre Drohnen könnten uns auch sehen."
Er band das Ende des Glasfaserkabels an den Ast, spannte es etwa zwanzig Zentimeter über dem Boden und führte es zum nächsten Baum. Der Alte befestigte eine der Konservendosen am Kabel, füllte sie mit kleinen Steinen und Metallschrott.
"Primitiv", murmelte der Alte. "Aber wirksam. Wenn die Hunde das Kabel berühren, fallen die Steine in der Dose. Macht genug Lärm, um uns zu wecken."
"Oder um uns zu verraten", erwiderte er.
Der Alte zuckte mit den Schultern. "Besser als im Schlaf zerfetzt zu werden."

Sie arbeiteten sich weiter vor, immer dem Bachbett folgend. Alle zwanzig Meter spannten sie ein Stück des erbeuteten Kabels und hängten eine der Blechdosen daran. Ein primitives Alarmsystem. Aber eines, das ohne Elektronik funktionierte. Das keine Batterien brauchte. Das nicht gestört werden konnte.
"Die Kampfhunde sind blind gegenüber so einfachen Dingen", sagte der Alte, während er die dritte Dose installierte. "Sie suchen nach

Wärmesignaturen, nach elektronischen Emissionen. Nicht nach einem Stück Draht am Boden."

"Hoffentlich", antwortete er tonlos.

Sie erreichten eine Lichtung. Er blieb stehen. Sein Magen verkrampfte sich. Auf der Lichtung lagen Überreste. Menschliche Überreste.

"Scheiße", flüsterte der Alte.

Drei Körper, oder was davon übrig war. Uniformen, nur erkennbar als Fetzen. Ein nächtlicher Patrouillengang, der tödlich geendet hatte. Die Spuren erzählten die Geschichte: Die Hunde hatten sie hier überrascht, hatten ihre Ladungen gezündet. Die Explosionen hatten einen Mann in Stücke gerissen. Die beiden anderen hatten schwere Verletzungen erlitten, waren aber noch am Leben gewesen.

Er sah die Schleifspur im Gras. Einer der Verwundeten hatte versucht, sich zurückzuziehen. Eine breite Blutspur führte zwanzig Meter weit. Dann nichts mehr. Der Verwundete war verblutet. Der andere lag noch immer dort, wo er gefallen war. Seine Beine fehlten.

"Die Verwundeten sind besser als die Toten", wiederholte er die Worte des Leutnants.

Der Alte nickte grimmig. "Für uns. Nicht für sie."

Sie umgingen die Lichtung in weitem Bogen. Keiner von ihnen wollte näher an die Leichen heran. Nicht nur aus Respekt. Aus Angst. Die Gegenseite platzierte manchmal Sprengfallen unter ihren eigenen Toten.

"Noch zwei Fallen", sagte der Alte, als sie wieder im schützenden Unterholz waren.

Die Drohne über ihnen hatte die Leichen gefilmt. Der Operator würde die Position melden. Vielleicht würde ein Bergungsteam kommen. Wahrscheinlicher war, dass die Toten dort liegen bleiben würden, bis Tiere oder die Elemente sie beseitigten.

Sie arbeiteten schneller jetzt. Die Sonne sank bereits. In einer Stunde würde die Dämmerung einsetzen. Keiner von ihnen wollte im Dunkeln draußen sein.

Er spannte das Kabel zwischen zwei Baumstämmen, platzierte die vorletzte Dose sorgfältig in der Mitte. Der Alte füllte sie mit Schrott. "Diese Kabel sind besser als die alten PALR-Drähte", sagte der Alte und deutete auf das gespannte Glasfaserkabel. "Die alten waren dicker. Leichter zu sehen. Diese hier kannst du kaum erkennen, selbst wenn du direkt darauf starrst."

Er wusste, dass der Alte redete, um die Nerven zu beruhigen. Um nicht an die Toten zu denken. Um nicht an die Hunde zu denken.

"Die Konsolen sind auch besser", fuhr der Alte fort. "Früher hattest du nur einen Joystick und einen Bildschirm für die Rakete. Jetzt haben sie diese Tablets. Zeigen dir alles an - Hitze, Bewegung, sogar Herzschlag."

"Woher weißt du so viel über die alten Systeme?", fragte er, während er das Kabel festzurrte.

Der Alte lächelte dünn. "Ich bin alt, Junge. Mein Vater hat nur vom Kalten Krieg erzählt, er wurde nicht mehr gebraucht. Die Malyutka-Raketen. Drahtgelenkt, wie unsere Drohnen heute."

Sie erreichten einen kleinen Hügel. Der perfekte Platz für die letzte Falle. Von hier aus konnten sie ein besonders breites Stück des Waldrandes sichern.

Er spannte das Kabel in einer komplizierten Zickzack-Formation zwischen mehreren Bäumen. Eine Fläche von fast fünf Metern Breite war nun überwacht. Die letzte Blechdose kam in die Mitte, gefüllt mit besonders vielen Metallstücken. Wenn diese Falle ausgelöst würde, würde der Lärm sie selbst im tiefsten Schlaf wecken.

"Fertig", sagte er und prüfte die Spannung des Kabels ein letztes Mal.

Der Alte überprüfte die Installation, dann nickte er zufrieden. "Gut. Zurück zum Graben."

Sie machten sich auf den Rückweg, folgten dem Bachbett. Die Drohne über ihnen änderte ihren Kurs, flog voraus, als wolle sie ihnen den Weg weisen.

Er bemerkte ein Flackern am Himmel. Ein Sonnenreflex auf Metall oder Glas. Er blieb abrupt stehen.

"Runter!", zischte er und warf sich zu Boden.

Der Alte reagierte sofort, rollte sich neben einen Baumstamm. "Was?", flüsterte er.

"Drohne. Nicht unsere."

Beide lagen regungslos, pressten sich in die Erde. Er zählte die Sekunden, spürte sein Herz in seiner Brust hämmern. Die Drohne - wenn es eine war - könnte ihre Position an die Kampfhunde weitergeben. Oder an die Artillerie.

Nach einer Minute wagte er einen Blick. Der Himmel war leer. Nur ihre eigene drahtgesteuerte Drohne kreiste noch über ihnen.

"Vielleicht nur ein Vogel", murmelte der Alte. Aber er klang nicht überzeugt.

Sie bewegten sich vorsichtiger jetzt, von Deckung zu Deckung. Die Sonne berührte bereits den Horizont. Lange Schatten streckten sich über den Waldboden.

"Diese Fallen", sagte er leise, während sie durch ein dichtes Gebüsch krochen, "wie gut sind sie wirklich?"

Der Alte zögerte. "Gut genug. Meistens."

"Und wenn nicht?"

Der Alte sah ihn an, sein Blick hart im schwindenden Licht. "Dann war's das."

Sie erreichten das Bachbett wieder, folgten ihm zurück zum Verbindungsgraben. Die Stolperdrähte und Dosenfallen waren nun installiert, ein primitiver Verteidigungsring gegen die lautlosen Jäger der Nacht.

Als sie den Verbindungsgraben erreichten, atmete er erleichtert auf. Relative Sicherheit. Zumindest vor direkter Sicht.

Sie krochen zurück zum Hauptgraben, wo der Funker bereits wartete. Er gab einen kurzen Bericht über die installierten Fallen, ohne ins Detail zu gehen. Je weniger Leute von den genauen Positionen wussten, desto besser.

"Sektor West gesichert", meldete der Alte dem Funker, der die Information in sein Gerät tippte.

Er sank erschöpft gegen die Grabenwand. Seine Hände waren schmutzig, die Fingernägel schwarz vor Dreck. Er dachte an die toten Russen auf der Lichtung. Daran, wie schnell es gehen konnte.

"Die Dosen werden uns warnen", sagte der Alte, als könnte er seine Gedanken lesen. "Vielleicht nicht viel Zeit. Aber besser als nichts."

Er nickte stumm. Er dachte an den BioRobo X-12, an das strahlende Gesicht des Kindes in der Werbung. An die saubere, sichere Welt von damals. An die Wunder der Technik, die Freude bringen sollten.

Die Kälte

"Kaffee", sagte der Alte und reichte ihm einen dampfenden Metallbecher. "Wenn man das so nennen kann."

Er nahm den Becher dankbar an. Die Wärme drang durch das Metall in seine tauben Finger. Der Inhalt war dunkel und bitter. Mehr Ersatz als Kaffee. Aber heiß. Und mit Koffein. Das reichte.

Sie saßen im Schützengraben, erschöpft von der Arbeit der frühen Morgenstunden. Das Verlegen der Stolperdrähte hatte länger gedauert als erwartet. Primitive Fallen – Konservendosen an dünnen Drähten, die bei Berührung klirrten. Altmodisch, aber wirksam gegen die hochmodernen Kampfhunde.

"Glaubst du, die Dosen halten?", fragte er und nahm einen Schluck des heißen Gebräus.

Der Alte zuckte mit den Schultern. "Haben sie bisher immer. Solange die Artillerie sie nicht wieder zerfetzt."

Sie hatten die Datenkabel abgeschossener Drohnen gesammelt. Wertvolles Material in diesem Krieg. Das feine Gewirr aus Kupferdrähten und Glasfasern ließ sich hervorragend zu Stolperdrähten umfunktionieren. Jetzt spannten sich die improvisierten Alarmdrähte durch das Unterholz, kreuz und quer, jeder verbunden mit kleinen Konservendosen voller Kieselsteine.

Wenn ein Kampfhund einen der Drähte berührte, würden die Dosen klappern. Ein primitiver Alarm. Oft ihre einzige Vorwarnung.

"Die letzten beiden Drohnen haben gute Ausbeute gebracht", sagte der Alte und rieb sich die schmutzigen Hände. "Fast hundert Meter Kabel. Genug für den ganzen westlichen Sektor."

Er nickte müde. Sie hatten die ganze Dämmerung damit verbracht, die Drähte zu spannen. Genau in der Zeitspanne, in der die Kampfhunde sich zurückzogen und bevor die Artillerie ihre morgendliche Begrüßung schickte. Ein schmales Zeitfenster relativer Sicherheit.

Die Dosen waren überall platziert. An niedrigen Ästen. Zwischen Büschen. In hohem Gras. Jede mögliche Route, die ein Kampfhund nehmen könnte, war nun mit einem primitiven Alarm gesichert. Kein Hi-Tech. Keine Elektronik. Nichts, was die Feinde stören oder hacken konnten. Nur Metall, Draht und Steine.

Sie tranken schweigend ihren Kaffee. Der Himmel wurde langsam heller. Ein fahles Grau ersetzte das Schwarz der Nacht. Einzelne Vögel begannen zu singen. Es hätte friedlich sein können. Fast.

"Hast du gehört, was sie über die Hunde sagen?", fragte der Alte plötzlich.

Er schüttelte den Kopf. "Was sagen sie?"

Der Alte lehnte sich näher, seine Stimme sank zu einem verschwörerischen Flüstern. "Sie sagen, dass die Hunde tagsüber nicht verschwinden. Sie verstecken sich nur."

Er blickte den Alten fragend an. "Verstecken? Wo?"

"Überall. In Feldern. In verlassenen Gebäuden. Sogar einfach im hohen Gras." Der Alte nahm einen Schluck Kaffee, sein verwittertes Gesicht nachdenklich. "Wie Raubtiere, die auf Beute lauern."

"Und nachts werden sie aktiv", ergänzte er.

"Ja. Aber das ist nicht alles." Der Alte schaute sich um, als wollte er sichergehen, dass niemand zuhörte. "Sie werden versorgt. Aus der Luft."

"Durch Drohnen?"

Der Alte nickte. "Transportdrohnen. Die fliegen jeden Abend bei

Dämmerung. Lassen Pakete fallen. Versorgungsteile."

"Was für Teile?"

"Akkus. Frische Batterien. Und Waffen." Der Alte schwenkte seinen Kaffeebecher, die dunkle Flüssigkeit schaukelte darin. "Sie sagen, die Hunde tauschen ihre Nutzlast aus. Wie... wie eine Tankfüllung."

Er versuchte, sich das vorzustellen. Die mechanischen Bestien, die irgendwo im hohen Gras lauerten. Wartend. Ruhend. Bis die Versorgungsdrohnen kamen.

"Was für Waffen?", fragte er.

"Container aus 40mm-Granatenwerfer vorn. Und hinten der Akku. Die rasten von unten in den Hund ein. Wie ein... wie ein Faultier, das sich an einen Ast hängt."

Ein Bild formte sich in seinem Kopf. Die flachen, gepanzerten Kästen mit ihren Beinen mit Motorgelenken. Eine Arretierung an der Unterseite. Eine frische Nutzlast, die einrastet. Neue Energie. Neue Tödlichkeit.

"Und die leeren Systeme?", fragte er. "Die alten Container?"

"Die werden abgeworfen. Einfach im Feld liegen gelassen. Und später..." Der Alte machte eine kreisende Bewegung mit seiner Hand. "Kommen andere Drohnen und sammeln sie ein. Recycling."

Er trank seinen Kaffee und dachte darüber nach. Ein vollständiger Kreislauf. Effizient. Tödlich. Die Hunde mussten nie zurück zur Basis. Konnten immer im Feld bleiben. Immer jagen.

"Woher weißt du das?", fragte er.

Der Alte zuckte mit den Schultern. "Gerüchte. Geschichten. Die Jungs vom Sektor Ost behaupten, sie hätten es gesehen. Eine Transportdrohne, die ein Paket abwirft. Einen Hund, der danach kriecht."

"Und du glaubst das?"

"Ich glaube alles und nichts", antwortete der Alte. "In diesem Krieg ist alles möglich."

Die Morgendämmerung gewann an Kraft. Die Welt um sie herum wurde langsam erkennbar. Verkohlte Baumstümpfe. Zerstörte Felder. Krater von Artillerieeinschlägen. Eine zerstörte Landschaft.

"Wenn das stimmt", sagte er langsam, "könnten wir vielleicht..."

"Was?", fragte der Alte. "Einen fangen? Unmöglich." Er schüttelte entschieden den Kopf. "Die KI in diesen Dingern ist zu ausgereift. Sie lernen ständig. Jede Falle, die wir bauen könnten, haben sie wahrscheinlich schon hundertmal in ihren Simulationen durchgespielt."

"Aber wenn sie so schlau sind, warum funktionieren dann unsere primitiven Stolperdrähte?"

Der Alte lachte humorlos. "Weil sie zu schlau sind. Die KI sucht nach komplexen Fallen, nach elektronischen Signaturen, nach Mustern. Eine Konservendose an einem Draht? Zu einfach. Zu... menschlich. Zu zufällig."

Er dachte darüber nach. "Es ist wie bei Schach. Ein Großmeister kann von einem anderen Großmeister besiegt werden. Aber manchmal auch von einem Anfänger, der Züge macht, die keinem Muster folgen."

"Genau", nickte der Alte. "Die KI erwartet einen gewissen Grad an Intelligenz von uns. Sie ist nicht darauf programmiert, mit primitiven Methoden umzugehen."

Sie schwiegen einen Moment, beide verloren in Gedanken.

"Aber wir könnten sie nicht fangen", sagte er schließlich. "Selbst wenn wir wüssten, wo sie sind oder wann die Versorgungsdrohnen kommen."

"Nein", stimmte der Alte zu. "Die Hunde haben Selbstzerstörungsmechanismen. Wenn sie einen Fangversuch registrieren, sprengen sie sich selbst. Wir würden nur unnötig Männer verlieren."

"Und die Drohnen?"

"Die sind noch schlimmer. Komplett autonome Systeme. Wenn ihre primäre Route blockiert ist, finden sie eine andere. Wenn sie angegriffen werden, weichen sie aus. Wenn sie ausfallen, übernimmt die nächste Drohne im Schwarm ihre Aufgabe."

Er blickte in seinen Kaffeebecher. Die dunkle Flüssigkeit spiegelte sein müdes Gesicht. "Also können wir nichts tun? Außer Drähte spannen und hoffen, dass wir das Klirren hören, bevor die Hunde uns erreichen?"

Der Alte schien sein Gesicht zu studieren. "Das habe ich nicht gesagt. Wir können die KI nicht überlisten. Aber wir können sie vielleicht verwirren."

"Wie?"

"Durch Unberechenbarkeit. Durch menschliche Unlogik." Der Alte lehnte sich näher. "Die KI funktioniert auf der Basis von Wahrscheinlichkeiten. Von Erfahrungen. Von Mustern. Wenn wir die Muster brechen, haben wir vielleicht eine Chance."

Er dachte an die Dosen an den Drähten. So einfach. So primitiv. So wirksam.

"Aber wie verwirrst du etwas, das schlauer ist als du?", fragte er.

Der Alte lächelte dünn. "Indem du dümmer bist. Unlogischer. Menschlicher." Er tippte sich an die Schläfe. "Die KI kann berechnen, was rational ist. Aber das Irrationale? Das Absurde? Das überfordert sie."

Die Ablösung

Das leise Schaben von Stiefeln auf Erde kündigte die Ablösung an. Zwei Gestalten tauchten am Ende des Grabens auf, schlurften langsam näher. Müde Gesichter. Schmutzig. Abgenutzt wie alte Münzen.

"Morgen", grüßte der Erste. Ein junger Mann mit einem dünnen Bartflaum. Zu jung für das, was er erlebt hatte. Man sah es in seinen Augen.

Der Alte nickte knapp. "Ruhige Nacht?"

"Bis auf die übliche Artillerie", antwortete der Zweite, ein hagerer Mann mit einer tiefen Narbe über der linken Wange. "Eure Drähte haben wir gesehen. Gute Arbeit."

Er betrachtete die beiden. Sie waren vor zwei Tagen erst angekommen. Ersatz für die Männer, die letzte Woche erwischt worden waren. Sie hatten noch keine Namen für ihn. Namen schafften Bindungen. Bindungen machten den Verlust schwerer.

"Kaffee ist noch warm", sagte der Alte und deutete auf den Kessel neben dem kleinen Feuer, das sie in einer Vertiefung der Grabenwand unterhielten.

Der Jüngere nahm dankbar einen Becher. Seine Hände zitterten leicht, als er den heißen Kaffee eingoss. Der Narbengesichtige lehnte ab, zog stattdessen eine zerknitterte Packung Zigaretten aus seiner Jackentasche.

"Habt ihr die neuen Netze gesehen?", fragte der Jüngere plötzlich. Seine Stimme klang lebhafter als sein Gesicht vermuten ließ. "Auf den Verbindungsstraßen."

Er sah den Jungen fragend an. "Netze?"

"Gegen die Drohnen", ergänzte der Narbengesichtige und zündete sich eine Zigarette an. Der Rauch kräuselte sich über seinem Kopf. "Die haben angefangen, alle wichtigen Wege zu überspannen."

Der Alte lehnte sich interessiert vor. "Wann haben sie damit begonnen?"

"Gestern, als wir vom Versorgungspunkt zurückkamen", sagte der Jüngere. Er schlürfte seinen Kaffee, dann fuhr er fort: "Die hatten ganze Kolonnen aufgestellt. Pfähle, Stangen, alles, was sie finden konnten. Haben darüber diese Netze gespannt. Alte Fischernetze, glaube ich."

"Fischers Netze?" Der Alte runzelte die Stirn. "Woher bekommen sie die?"

Der Narbengesichtige blies einen Rauchring in die kühle Morgenluft. "Holländische. So hat's der Leutnant gesagt. Ausrangierte Netze aus Holland. Tonnenweise. Die haben sie eigentlich schon vor Wochen angefordert, aber erst jetzt sind sie angekommen."

Der Jüngere nickte eifrig. "Die graue Straße, die von der zerstörten Brücke kommt? Die haben sie komplett überspannt. Wie einen Tunnel. Man fährt praktisch unter einem Netz durch."

"Und das soll gegen die Drohnen helfen?", fragte er skeptisch.

"Ja", sagte der Jüngere. "Die kleinen FPV-Drohnen verfangen sich darin. Können nicht durchkommen. Und die abgeworfenen Granaten bleiben auch hängen. Oder werden zumindest abgelenkt."

"Nicht alle", warf der Narbengesichtige ein. "Die großen Lancet-Drohnen durchschlagen die Netze. Aber die kleinen, die sie massenweise einsetzen – die bleiben hängen wie Fliegen."

Er versuchte, sich die Szene vorzustellen. Netze, gespannt über Straßen und Wege. Überreste holländischer Fischerboote, die nun Soldaten schützten. Es hatte etwas Absurdes.

"Die gewundene Straße haben sie auch abgedeckt", fuhr der Jüngere fort. "Die, die durch den Birkenwald führt. Der ganze Abschnitt ist jetzt eine Art... Tunnel."

"Zwei Kilometer", ergänzte der Narbengesichtige. "Zwei Kilometer unter Netzen. Hat der Leutnant gesagt."

Der Alte pfiff leise durch die Zähne. "Das ist ein Haufen Arbeit."

"Und Material", nickte der Jüngere. "Sie haben vier Lastwagen voller Netze gesehen. An der nördlichen Kreuzung."

"Die bei der Ruine?", fragte er.

"Genau die. Vier Lastwagen. Und noch mehr sollen kommen. Sie wollen jede wichtige Straße abdecken. Jede Verbindungslinie."

Der Alte trank den letzten Schluck seines Kaffees. "Und das funktioniert?"

Der Narbengesichtige zuckte mit den Schultern. "Der rothaarige Sanitäter hat gesagt, dass sie letzte Woche nur zwei Verwundete hatten auf der morastigen Straße. Die Woche davor waren es elf. Seit die Netze da sind."

"Die haben auch die steile Anhöhe gesichert", ergänzte der Jüngere eifrig. "Die, die zur alten Fabrik führt. Da fahren jeden Tag die Versorgungslaster hoch. Früher war das ein Selbstmordkommando. Jetzt kommen sie meistens durch."

"Meistens", wiederholte der Narbengesichtige trocken.

"Und wie befestigen sie die Netze?", fragte er, seine Neugier geweckt. "Sie müssen ja hoch genug sein, um Lastwagen durchzulassen."

Der Jüngere nickte. "Pfähle. Mindestens fünf Meter hoch. Und alles, was sie finden können – Bäume, Ruinen, alte Telefonmasten. Sie spannen das Netz darüber und sichern es mit Seilen."

"In den Birkenwäldern ist es einfacher", ergänzte der Narbengesichtige. "Da binden sie die Netze einfach an die Bäume. Aber auf offener Strecke müssen sie improvisieren."

Der Alte lehnte sich zurück, ein nachdenklicher Ausdruck auf seinem verwitterten Gesicht. "Und die andere Seite? Was tun die dagegen?"

Die beiden Neuankömmlinge tauschten Blicke aus.

"Sie senden spezielle Drohnen", sagte der Jüngere schließlich. "Mit Feuerzeugen dran."

"Mit was?", fragte er ungläubig.

"Feuerzeugen. Oder irgendeinem brennbaren Zeug", erklärte der Narbengesichtige. "Sie schicken Drohnen, die die Netze anzünden sollen. Die meisten Fischernetze sind aus Nylon. Brennen wie Zunder."

"Gott", murmelte der Alte. "Dieser Krieg wird immer absurder."

Der Jüngere nickte eifrig. "Deshalb haben sie jetzt auch angefangen, die Netze zu bewässern. Sprenkleranlagen, improvisiert aus alten Feldschläuchen. Halten die Netze feucht."

"Das ist nicht der einzige Grund", ergänzte der Narbengesichtige. "Die nassen Netze sind schwerer. Fallen nicht so leicht runter, wenn der Wind kommt. Und im Winter..." Er deutete mit seiner Zigarette nach oben. "Im Winter werden sie zu Eisnetzen. Der Frost setzt sich darauf ab. Macht sie stabiler. Aber auch sichtbarer."

"Haben sie auch welche hier in der Nähe aufgebaut?", fragte er.

Der Jüngere nickte. "Die schlammige Straße, die zu unserem Sektor führt. Da haben sie gestern angefangen. Vielleicht sind sie heute schon fertig."

"Das bedeutet mehr Nachschub für uns", sagte der Alte. "Wenn die Versorgungswege sicherer sind."

"Oder mehr Angriffe", entgegnete der Narbengesichtige düster. "Wenn die merken, dass wir besser versorgt sind, werden sie härter zuschlagen. Mit Artillerie. Mit Infanterie. Mit allem, was sie haben." Sie schwiegen einen Moment, ließen diese Worte sacken.

"Sie haben auch angefangen, Netze über die Stellungen zu spannen", sagte der Jüngere schließlich, offenbar entschlossen, die düstere Stimmung zu brechen. "Über die Artillerie. Über die Kommandoposten. Über alles, was wichtig ist."

"Nicht nur über", korrigierte der Narbengesichtige. "Auch drum herum. Wie Vorhänge."

Der Alte dachte an die Stolperdrähte, die sie gerade installiert hatten. An die Konservendosen, die bei Berührung klirren würden. Primitive Alarmsysteme gegen hochentwickelte Tötungsmaschinen. Jetzt kamen Fischernetze dazu. Der Krieg der Zukunft, gekämpft mit Werkzeugen der Vergangenheit.

Sie standen einen Moment schweigend da, jeder in seine eigenen Gedanken versunken. Der Tag wurde heller, die Sonne stieg langsam über den Horizont.

"Wir sollten gehen", sagte der Alte schließlich.

Er und der Alte sammelten ihre spärlichen Habseligkeiten ein – Feldflaschen, Waffen, Munition. Die Routine des Krieges. Der Wechsel der Wachen. Der endlose Kreislauf.

"Denkt ihr, das alles macht einen Unterschied?", fragte der Jüngere plötzlich. Seine Stimme klang dünn, fast kindlich. "Die Netze. Die Fallen. Alles, was wir tun."

Der Alte hielt inne, betrachtete den jungen Mann einen langen Moment. In diesem Krieg, wo Maschinen oft die Oberhand hatten, war jede Handlung, jeder Versuch des Widerstands ein kleiner Sieg. Ein Beweis des menschlichen Willens gegen die kalte Logik der künstlichen Intelligenz.

Der Alte schüttelte den Kopf. "In diesem Krieg gewinnt niemand, Junge. Wir überleben nur. Tag für Tag."

Sie verließen den Graben, krochen durch den Verbindungsgang zum Hauptpfad, der zurück zum Lager führte. Der Morgen war kühl, ein leichter Nebel hing über dem verwüsteten Land.

"Sollten wir helfen?", fragte er den Alten, als sie außer Hörweite der Ablösung waren. "Bei den Netzen."

Der Alte überlegte einen Moment. "Wenn sie uns fragen, ja. Aber wir haben unsere eigene Arbeit. Die Stolperdrähte. Die funktionieren, das wissen wir."

Er nickte. Die primitiven Alarmdrähte mit den Konservendosen waren ihre Spezialität geworden. Ihre kleine Rebellion gegen die Tyrannei der Technologie. Ein Stück Menschlichkeit in einem zunehmend unmenschlichen Krieg.

In der Nähe hörten sie MG Feuer. Der tägliche Tanz begann aufs Neue. Sie beschleunigten ihre Schritte, wollten das Lager erreichen, sich ausruhen.

Über ihnen erstreckte sich der weite, gleichgültige Himmel. Irgendwo dort warteten Drohnen, beobachteten, planten. Und irgendwo in den Wäldern und Feldern lauerten die Kampfhunde, mechanische Bestien mit elektronischen Sinnen, programmiert zu töten.

Gegen all das hatten sie Konservendosen an Drähten und alte Fischernetze aus Holland.

Es hätte lächerlich erscheinen können. Absurd. Und doch – manchmal waren es die einfachsten Dinge, die den Unterschied machten zwischen Leben und Tod.

Sie gingen weiter, zwei müde Soldaten auf dem Weg zurück zum Lager. Über ihnen spannte sich der endlose Himmel. Um sie herum erstreckte sich das zerstörte Land.

Das Lager

Zwei Kilometer. Eine kurze Strecke unter normalen Umständen. Ein Marathon in diesem Gelände. Der Alte ging voran, seine Bewegungen trotz des Alters fließend und sicher. Er kannte den

Weg, kannte jeden Stein, jede Senke, jede potenzielle Gefahr. Er hatte überlebt, indem er aufmerksam war. Immer.

Sie bewegten sich durch das, was einmal ein landwirtschaftlich genutztes Feld gewesen war. Jetzt eine mondähnliche Landschaft aus Kratern und aufgewühlter Erde. Kein Grashalm wuchs mehr. Nichts Lebendiges. Das Land selbst war gestorben.

"Die Drohnen fliegen heute tiefer", sagte der Alte und deutete nach oben.

Er blickte zum Himmel. Richtig. Drei Aufklärungsdrohnen kreisten über ihnen. Keine der großen, sondern die kleinen, wendigen. Sie suchten nach Zielen, nach Bewegungen, nach Wärme. Die wütenden Wespen dieses Krieges.

"Das Wetter", ergänzte er. Die tief hängenden Wolken zwangen die Drohnen, niedriger zu fliegen. Ein gemischter Segen. Leichter zu sehen. Leichter abzuschießen. Aber auch leichter für sie, Details am Boden zu erkennen.

Sie erreichten den Rand des toten Feldes. Vor ihnen lag ein Waldstück. Oder was davon übrig war. Verkrüppelte Bäume, verkohlte Stämme, zerschossenes Unterholz. Ein gespenstischer Anblick. Und doch ihr Ziel.

Der Alte blieb stehen, spähte vorsichtig zwischen die Bäume. "Üblicher Weg?", fragte er.

"Ja."

Sie tauchten zwischen die Baumstümpfe ein. Hier, im Schutz der toten Bäume, waren sie etwas sicherer vor den Augen der Drohnen. Aber das Gelände war tückischer. Überall lauerten Stolperdrähte, Granatenfallen, vergrabene Minen. Nicht alle vom Feind. Viele von ihrer eigenen Seite platziert und dann vergessen oder nicht ordnungsgemäß dokumentiert.

Der Weg führte sie weiter in den verwüsteten Wald hinein. Nach etwa dreihundert Metern erreichten sie den ersten Kontrollpunkt. Ein junger Soldat hockte hinter einem improvisierten Schutzwall aus gefällten Bäumen und Erde. Seine Augen waren wachsam, sein Gewehr einsatzbereit.

"Passwort?", fragte er leise.

"Dornenhecke", antwortete der Alte.

Der junge Soldat nickte und entspannte sich leicht. "Durchgehen. Hauptmann ist im Kommandoposten."

Sie setzten ihren Weg fort. Tiefer in den Wald, tiefer in das Lager ihrer Kompanie. Nach und nach wurden mehr Zeichen menschlicher Anwesenheit sichtbar. Ausgehobene Schützenlöcher. Getarnte Unterstände. Dünne Drähte, die in alle Richtungen liefen – Kommunikationsleitungen und Auslösedrähte für Fallen.

Und dann bemerkte er die Netze.

Sie spannten sich über ihnen, zwischen den Bäumen. Ein Geflecht aus verschiedenen Materialien. Fischernetze, wie die, von denen der Langhaarige erzählt hatte. Tarnnetze. Sogar gewöhnliche Leinenplanen, die zu einer Art Baldachin zusammengenäht worden waren. Sie bedeckten den Himmel, verbargen das Lager vor neugierigen Blicken von oben.

"Neu", sagte der Alte beiläufig. "Müssen sie in den letzten drei Tagen aufgehängt haben."

Der gesamte zentrale Bereich des Lagers war überdacht. Die Feldküche. Der Sanitätsbereich. Der Kommandoposten. Alles unter einem Dach aus Netzen versteckt.

Soldaten bewegten sich ruhig und zielgerichtet durch das Lager. Müde Gesichter. Schmutzige Uniformen. Die typischen Merkmale eines langwierigen Stellungskrieges. Überall waren Zeichen von Improvisation zu sehen. Zusammengeflickte Ausrüstung. Aus Munitionskisten gebaute Tische. Mit Plastikplanen abgedeckte Vorratslager.

"Ich muss zum Hauptmann", sagte der Alte. "Dein Loch ist da drüben, bei der verkrüppelten Eiche."

Er nickte. Sie trennten sich ohne weitere Worte.

Sein "Loch", wie der Alte es genannt hatte, war ein in den Boden gegrabener Unterstand. Etwa zwei Meter tief, anderthalb Meter breit. Oben mit Baumstämmen und einer Schicht Erde abgedeckt. Eine Plane diente als Tür. Primitiv, aber wirksam. Es hielt den Regen ab und bot Schutz vor Splittern.

Er duckte sich und trat ein. Der Unterstand war spartanisch eingerichtet. Eine Isomatte am Boden. Ein Schlafsack darauf. Eine kleine Metallkiste für persönliche Gegenstände. Eine Batterieleuchte hing von einem Nagel an der Wand.

Sein Reich für die nächsten acht Stunden. Sein Schlafplatz, bevor er wieder an die vordere Linie zurück musste.

Er setzte sich auf die Isomatte, lehnte sich gegen die Erdwand. Die Müdigkeit der vergangenen Nacht lastete schwer auf ihm. Seine Augen brannten. Seine Muskeln schmerzten. Sein Kopf fühlte sich an, als wäre er mit Watte gefüllt.

Er sollte schlafen. Das wäre das Vernünftigste. Aber da war noch etwas, was er tun wollte. Tun musste.

Aus der Metallkiste zog er einen gefalteten Bogen Papier und einen angespitzten Bleistift hervor. Er hatte seit drei Wochen nicht mehr nach Hause geschrieben. Drei Wochen ohne ein Lebenszeichen an seine Familie.

An seine Töchter.

Er glättete das Papier auf seinen Knien, betrachtete die leere Fläche. Wo anfangen? Was schreiben? Die üblichen Lügen? "Mir geht es gut." "Macht euch keine Sorgen." "Es ist nicht so schlimm, wie die Nachrichten berichten."

Der Bleistift schwebte über dem Papier. Keine Worte kamen.

Stattdessen kamen die Erinnerungen.

Der Krieg war weit weg gewesen. Eine Nachrichtenmeldung. Schrecklich, natürlich. Tragisch. Aber weit weg. In einem anderen Land. Einem Land, das er nie besucht hatte. Dessen Sprache er nicht sprach.

Er erinnerte sich an die Gespräche am Esstisch. Wie sie alle einig waren. Solidarität mit dem angegriffenen Land. Das war doch

selbstverständlich. Man konnte nicht zulassen, dass ein großes Land
ein kleines überfiel. Das war falsch. Eindeutig falsch.
Alle waren dieser Meinung gewesen. Seine Mutter. Seine Kollegen.
Die Nachbarn. Die Regierung. Sie waren die Guten, weil sie auf der
richtigen Seite standen. Sie hatten auch immer die richtigen Parteien
gewählt. Die fortschrittlichen. Die, die für Freiheit und Demokratie
eintraten.

Sein Stift berührte das Papier, zog aber keine Linie. Kein Wort
formte sich.
Er und seine Mutter hatten gespendet. Für Hilfsprojekte. Für
Flüchtlinge. Hatten an Demonstrationen teilgenommen, auf denen
"Solidarität" gerufen wurde. Es fühlte sich gut an. Richtig. Sie taten
das Richtige.
Die Regierung tat auch das Richtige. Sie unterstützte das
angegriffene Land. Mit Geld. Mit Material. Mit Waffen, ja. Aber
Waffen zur Verteidigung. Das war etwas anderes. Das war
gerechtfertigt.
Jeder sprach plötzlich von der Gefahr. Die Gefahr, dass der
Aggressor nicht aufhören würde. Dass er weitermachen würde. Dass
er auch andere Länder bedrohen würde. Vielleicht sogar ihr Land.
Diese Gefahr musste gestoppt werden. Jetzt. Entschlossen.
Der Stift kratzte über das Papier, hinterließ aber nur eine
bedeutungslose Linie.
Die Regierung unterstützte weiter. Mit mehr Geld. Mit mehr
Material. Mit mehr Waffen. Und dann, als der Krieg sich hinzog, als
die Verluste stiegen, als die Freiwilligen nicht mehr reichten... mit
Soldaten.
Nicht viele. Nur Spezialisten, hieß es anfangs. Ausbilder. Techniker.
Logistiker. Keine Kampftruppen.
Er hatte den Nachrichten geglaubt. Hatte den Politikern geglaubt.
Hatte geglaubt, dass es so bleiben würde.
Er hatte seinen Zivildienst geleistet, vor vielen Jahren. In einem
Altenheim. Hatte seine Pflicht gegenüber dem Staat erfüllt. Hatte

nie gedacht, dass er noch einmal dienen müsste. Schon gar nicht mit einer Waffe in der Hand.

Als die Aufforderung zur Musterung kam, war es ein Schock. Für ihn. Für seine Mutter. Für seine Töchter, die alt genug waren, um zu verstehen, was das bedeutete.

Seine Arbeit war nicht systemrelevant. Er war körperlich gesund. Er hatte militärische Grundkenntnisse aus seiner Zeit bei der Grundausbildung, bevor er den Zivildienst wählte. Er war in der richtigen Altersgruppe.

Die Einberufung kam, wie sie kommen musste. Logisch. Folgerichtig. Unausweichlich.

Der Bleistift fiel aus seiner Hand. Das Papier lag immer noch leer vor ihm.

Was war mit seinen Töchtern? Elf und neun waren sie jetzt. Bei ihrer Mutter, seiner Ex-Frau. In Sicherheit, weit weg von der Front. Aber ohne ihren Vater. Er hatte ihnen versprochen, sie jedes zweite Wochenende zu sehen. Ein Versprechen, das er nun nicht mehr einhalten konnte.

Er verteidigte die Freiheit, hatte man ihm gesagt. Die Demokratie. Die Werte des Westens.

Gegen wen? Gegen Soldaten, die genauso unwillig hier waren wie er? Gegen Kampfhunde, die keine Nationalität kannten?

Wofür? Damit die Grenzen eines Landes unverändert blieben, das er bis vor zwei Jahren nicht einmal auf einer Karte hätte zeigen können?

Die Zweifel hatten sich eingeschlichen. Langsam zunächst. Kleine Risse in seiner Überzeugung. Dann größere Brüche. Bis die ganze Fassade zusammenbrach.

Er hatte "Solidarität" gefordert. Hatte Politiker gewählt, die "Solidarität" versprachen. Hatte nicht nachgedacht, was das wirklich bedeuten könnte. Dass "Solidarität" eines Tages bedeuten würde, dass er in einem Erdloch saß, Tausende von Kilometern von seinen

Töchtern entfernt, und nicht wusste, ob er sie jemals wiedersehen würde.

Er hob den Bleistift wieder auf, starrte auf das leere Papier. Was sollte er schreiben?

"Liebe Lena, liebe Sofia, Papi kämpft für die Freiheit"? Eine Lüge. Er kämpfte für nichts. Er überlebte. Ein Tag nach dem anderen.

"Ich bin stolz, mein Land zu vertreten"? Eine weitere Lüge. Er fühlte keinen Stolz. Nur Angst. Und eine wachsende Verbitterung.

"Ich bin bald wieder zu Hause"? Die größte Lüge von allen. Er hatte keine Ahnung, wann er nach Hause durfte. Ob er nach Hause durfte. Ob es ein Zuhause geben würde, zu dem er zurückkehren konnte.

Der Brief blieb leer. Die Worte kamen nicht. Wie sollte er das Unsagbare in Worte fassen? Wie sollte er seinen Kindern erklären, dass ihr Vater in einem fernen Land im Schlamm lag und auf die Geräusche von Kampfhunden lauschte? Wie sollte er seiner Mutter erklären, dass ihre "Solidarität" ihn hierher gebracht hatte?

Er legte den Bleistift und das Papier beiseite. Vielleicht morgen. Vielleicht würde er morgen die richtigen Worte finden.

Er streckte sich auf der Isomatte aus, zog den Schlafsack über sich. Über ihm knirschten leise die Netze im Wind. Das neue Dach, das sie vor Drohnen schützen sollte. Ein Netz der Sicherheit. Eine Illusion von Schutz.

Seine Gedanken drifteten. Zu seinen Töchtern. Zu ihren Gesichtern. Zu ihrem Lachen. Zu den Wochenenden, die sie zusammen verbracht hatten. Fahrradtouren. Kinobesuche. Einfach nur zu Hause sein, Spiele spielen. Normale Dinge. Die Dinge, die jetzt unerreichbar schienen.

Er dachte an seine Mutter. Wie sie geweint hatte, als er ging. Wie sie immer wieder gesagt hatte: "Ich wollte das nicht. Ich wollte nicht, dass es so weit kommt." Als ob ihre persönlichen Wünsche irgendeinen Unterschied gemacht hätten.

Er dachte an die Politiker, die er gewählt hatte. Die mit großen Worten von "Unterstützung" und "Solidarität" gesprochen hatten.

Die jetzt in sicheren Büros saßen, während er und Tausende andere die Konsequenzen ihrer Entscheidungen trugen.

Die Bitterkeit breitete sich in ihm aus wie ein Gift. Er hatte geglaubt, auf der richtigen Seite zu stehen. Hatte geglaubt, das Richtige zu tun, zu sagen, zu denken. Und wo hatte es ihn hingeführt? In ein Erdloch in einem fremden Land.
Er dachte an den Alten. An seine stoische Ruhe. Seine Akzeptanz. Wie lange war er schon hier? Wie hatte er es geschafft, nicht wahnsinnig zu werden? Nicht von Zweifeln zerfressen zu werden?
Vielleicht hatte der Alte keine Zweifel mehr. Vielleicht hatte er sie so lange mit sich herumgetragen, bis sie abgenutzt waren, glatt geschliffen wie Steine in einem Fluss. Bis nur noch die nackte Realität übrig blieb: Überleben. Von einem Tag zum nächsten.
Der Schlaf kam, übermannte ihn langsam. Seine Gedanken wurden unzusammenhängend. Bilder vermischten sich. Seine Töchter, die am Strand spielten. Der Langhaarige, der von Netzen erzählte. Der Kampfhund, der lautlos durch die Nacht schlich. Seine Mutter, die vor einem Fernseher weinte.
Und dann nichts mehr. Die gnädige Leere des Schlafes.
Er wusste nicht, wie lange er geschlafen hatte, als ein Geräusch ihn weckte. Ein dumpfes Donnern in der Ferne. Artillerie. Die übliche Symphonie dieses Krieges.
Er öffnete die Augen, starrte an die Decke seines Unterschlupfs. Das Geräusch wiederholte sich. Näher diesmal. Das Erdloch vibrierte leicht.

Der Schwarm

Der Feind beschoss ihr rückwärtiges Lager. Ungewöhnlich. Normalerweise konzentrierte sich das Feuer auf die vordere Linie.
Das Artilleriefeuer verstummte so plötzlich, wie es begonnen hatte. Drei Granaten, nicht mehr. Kaum genug, um ernsthafte Schäden anzurichten. Seltsam.

Er lag auf seiner Isomatte, lauschte auf die wiederkehrende Stille. Sein Herz schlug immer noch schneller als normal – der Körper reagierte automatisch auf Artilleriefeuer, egal wie oft man es erlebt hatte. Aber sein Verstand registrierte die Anomalie. Drei Granaten, dann nichts. Kein Muster, das er kannte.

Nach einigen Minuten setzte er sich auf, griff wieder nach dem leeren Briefpapier. Er musste schreiben. Musste irgendetwas nach Hause schicken.

"Liebe Lena, liebe Sofia," begann er. Die Worte kamen schwer, wie durch Sirup gezogen. "Es tut mir leid, dass ich so lange nicht geschrieben habe. Ich denke jeden Tag an euch..."

Leere Phrasen. Hohle Worte. Aber was sollte er sonst schreiben?

Ein Geräusch drang von draußen herein. Ein leises, unterschwelliges Summen. Fast an der Grenze des Hörbaren.

Er hielt inne, den Bleistift mitten im Wort. Lauschte.

Das Summen wurde stärker. Nicht lauter, nur... präsenter. Als würde sich die Quelle nähern. Oder vermehren.

Er legte den Bleistift beiseite, kroch zur Plane, die den Eingang seines Unterschlupfs bedeckte. Vorsichtig schob er sie einen Spalt weit zur Seite.

Die Geräuschkulisse hatte sich verändert. Das übliche Hintergrundrauschen des Lagers – gedämpfte Gespräche, Schritte, das gelegentliche Klirren von Ausrüstung – war überlagert von diesem neuen Ton. Einem Summen, das an einen Bienenschwarm erinnerte. Aber mechanischer. Rhythmischer.

Er spähte durch den Spalt. Auf den ersten Blick schien alles normal. Soldaten bewegten sich zwischen den Unterständen. Einige saßen um die Feldküche herum. Andere reinigten ihre Waffen oder ruhten sich aus.

Das Netz über dem Lager war immer noch intakt. Die dünnen Maschen spannten sich von Baum zu Baum, bildeten ein schützendes Dach.

Doch dann sah er es. Einen winzigen schwarzen Punkt, der über dem Netz schwebte. Dann einen zweiten. Einen dritten. Innerhalb

von Sekunden waren es Dutzende.
Drohnen.

Nicht die großen Aufklärungsdrohnen, an die sie gewöhnt waren. Auch nicht die mittelgroßen FPVs, die Granaten abwarfen. Diese waren kleiner. Viel kleiner. Kaum größer als seine Hand.
Das Summen verstärkte sich, als immer mehr der winzigen Maschinen über dem Lager eintrafen. Sie schienen zu warten, zu beobachten. Wie Raubvögel, die ihre Beute umkreisen.
Ein Soldat in der Nähe der Feldküche bemerkte sie ebenfalls. Er deutete nach oben, rief etwas. Andere schauten hoch, griffen nach ihren Waffen. Aber die Drohnen blieben außerhalb der Reichweite herkömmlicher Handfeuerwaffen.
Er beobachtete, wie sich die Miniaturschwärme formierten. Es war kein chaotisches Ankommen. Sie schienen sich zu organisieren, bildeten bestimmte Muster. Er erkannte vier verschiedene Gruppen, jede mit 10 bis 25 Drohnen.
Plötzlich lösten sich etwa ein Dutzend Drohnen aus einer der Gruppen und tauchten tiefer. Sie näherten sich dem Netz, das über dem Lager gespannt war. Ihre Bewegungen waren koordiniert, fast tänzerisch.
"Drohnenangriff!", brüllte jemand durch das Lager. "Alle in Deckung!"
Soldaten rannten zu ihren Unterständen, griffen nach Anti-Drohnen-Waffen, nach Störsendern. Aber niemand schien zu wissen, wie man auf diesen ungewöhnlichen Angriff reagieren sollte.
Die ersten Drohnen erreichten das Netz. Er erwartete, dass sie sich verfangen würden, wie es der Langhaarige beschrieben hatte. Stattdessen sah er etwas, das ihm den Atem stocken ließ.
Die Drohnen hatten etwas an sich befestigt, das im Sonnenlicht aufblitzte. Dünne, rotierende Drähte. Sie näherten sich dem Netz nicht, um es zu durchbrechen – sie begannen, es methodisch zu zerschneiden.
Es war eine präzise Operation. Zwei oder drei Drohnen arbeiteten an

jedem Abschnitt zusammen. Eine hielt das Netz an einer Stelle fest, während die anderen mit ihren Schneidewerkzeugen die Maschen durchtrennte. Sie bildeten systematisch eine Öffnung, etwa einen Meter im Quadrat.

Gleichzeitig begann eine andere Gruppe von Drohnen, ihre Runden über dem Lager zu drehen. Das Summen wandelte sich, wurde lauter, modulierte in verschiedenen Tonhöhen. Mal ein tiefes, bedrohliches Brummen, dann wieder ein hohes, nervenzerreißendes Kreischen. Es klang nicht mehr wie Insekten. Es klang wie etwas Unnatürliches. Etwas, das darauf ausgelegt war, Angst zu erzeugen.

Er zog sich zurück in seinen Unterschlupf, griff instinktiv nach seiner Schrotflinte. Die Waffe hatte ihm in der Vergangenheit gute Dienste geleistet – ihre breite Streuung machte sie ideal, um einzelne Drohnen vom Himmel zu holen, die sich zu nahe heranwagten. Aber gegen diesen Schwarm? Es wäre, als würde man versuchen, einen Hornissenschwarm mit einer Klatsche zu bekämpfen. Sinnlos. Selbstmörderisch.

Die ersten Schüsse knallten durch das Lager. Ein junger Gefreiter, kaum älter als zwanzig, hatte sein Gewehr erhoben und feuerte in die Luft, auf eine der Sound-Drohnen. Andere folgten seinem Beispiel, ein unkoordiniertes Feuer, das mehr aus Verzweiflung als aus taktischem Denken geboren war.

Was dann geschah, ließ sein Blut gefrieren.

Die Drohnen reagierten wie ein einziger Organismus. Wie Hornissen, deren Nest angegriffen wird. Ein halbes Dutzend Tiefflugdrohnen schwärmte auf den Gefreiten ein, der geschossen hatte. Sie umkreisten ihn, tauchten ab, ließen kleine Ladungen fallen. Nicht irgendwo. Direkt auf ihn.

Der Schrei des Gefreiten hallte durch das Lager, als die erste Ladung – eine Art Miniaturblendgranate – direkt vor seinen Füßen explodierte. Der Knall war ohrenbetäubend, der Blitz blendend hell. Der junge Mann taumelte rückwärts, seine Hände instinktiv vor den Augen.

Eine zweite Drohne ließ etwas auf ihn fallen, das beim Aufprall zersprang und eine milchige Flüssigkeit freisetzte. Tränengas oder etwas Ähnliches. Der Gefreite krümmte sich hustend, würgend, blind.

Die Nachricht war klar: Wer die Drohnen angriff, wurde bestraft.

Ein anderer Soldat ignorierte die Warnung, erhob sein Gewehr. Das Ergebnis war das gleiche. Noch schlimmer sogar. Die Drohnen konzentrierten ihren Angriff, arbeiten mit unheimlicher Präzision zusammen. Eine ließ eine Blendgranate fallen. Eine zweite eine Gaswolke. Eine dritte etwas, das bei der Explosion kleine Metallsplitter verstreute – nicht tödlich, aber schmerzhaft. Die blutigen Kratzer im Gesicht des Soldaten zeugten davon.

Binnen Sekunden wanden sich zwei weitere Soldaten am Boden, verletzt, blind, hustend.

Das Lager war in Panik. Einige Männer versuchten zu fliehen, rannten zwischen den Unterständen hindurch, suchten Schutz. Andere feuerten weiter, aus Wut, aus Angst.

Die Sound-Drohnen intensivierten ihren akustischen Angriff. Das Geräusch war jetzt so intensiv, dass es körperlich schmerzte. Ein tieffrequentes Brummen, das seine Eingeweide vibrieren ließ, gemischt mit einem hochfrequenten Kreischen, das wie Nadeln in seinen Ohren stach.

Er presste die Hände auf die Ohren, aber es half kaum. Er konnte sich nicht konzentrieren, konnte kaum einen klaren Gedanken fassen.

Durch die Plane seines Unterschlupfs sah er, wie der Angriff eine neue Dimension annahm. Die Tiefflugdrohnen konzentrierten sich jetzt auf ein spezifisches Ziel – den Kommandoposten. Nicht wahllos. Sie hatten den Hauptmann identifiziert, der aus dem Unterstand getreten war und versuchte, Ordnung in das Chaos zu bringen.

Drei Drohnen umkreisten ihn. Ihre Flugmuster änderten sich, wurden aggressiver. Sie schienen zu wissen, wer er war. Seine Rangabzeichen? Seine Position im Lager? Die Art, wie andere auf ihn reagierten? Egal wie – der Schwarm hatte die Befehlsstruktur erkannt.

Die erste Drohne tauchte ab, ließ eine Blendgranate fallen. Der Hauptmann warf sich instinktiv zu Boden, entging dem schlimmsten der Explosion. Aber die zweite Drohne war bereits im Anflug, ließ etwas fallen, das beim Aufprall zersplitterte. Eine Wolke feiner Metallsplitter breitete sich aus, traf den Hauptmann an Armen, Gesicht, Hals. Keine tödlichen Wunden, aber zahlreiche blutende Schnitte.

Der Leutnant, der dem Hauptmann zu Hilfe eilte, wurde sofort zum nächsten Ziel. Vier Drohnen schwärmten auf ihn ein, koordiniert wie Jagdflieger. Die erste ließ ein Gaspaket fallen, das ihn zum Husten brachte, ihn verlangsamte. Die zweite und dritte attackierten mit Blendgranaten, die den Leutnant desorientieren sollten. Die vierte trug etwas Größeres – eine kleine Ladung, die beim Aufprall mit lautem Knall explodierte und den Offizier von den Füßen riss.

Der Leutnant blieb liegen, sein Bein in einem unnatürlichen Winkel verdreht. Kein tödlicher Angriff, aber ein effektiver. Ein weiterer Offizier außer Gefecht gesetzt.

Systematisch arbeiteten sich die Drohnen durch die Befehlskette. Den Funker erkannten sie an seiner Ausrüstung. Den Sanitäter an seinem Rotkreuz-Emblem. Den stellvertretenden Zugführer an der Art, wie andere auf ihn hörten. Einer nach dem anderen wurde gezielt angegriffen, verwundet, außer Gefecht gesetzt.

Er drückte sich tiefer in seinen Unterschlupf. Seine Schrotflinte lag nutzlos neben ihm. Gegen einzelne Drohnen war sie effektiv. Gegen diesen koordinierten Schwarm war sie wertlos. Schlimmer noch – sie würde ihn zum Ziel machen.

Das Lager glich jetzt einem Schlachtfeld. Überall lagen verwundete Soldaten, husteten, würgten, hielten sich blutende Wunden. Die wenigen, die noch standen, hatten sich in Deckung begeben, wie er. Niemand feuerte mehr. Die Lektion war gelernt.

Die Drohnen hatten ihre Ziele systematisch ausgeschaltet. Die

Befehlskette unterbrochen. Die Kommunikation lahmgelegt. Schlüsselpersonal verwundet. Und das alles ohne einen einzigen Toten zu verursachen.

Es war, als hätten sie genau gewusst, wie viel Schaden nötig war – nicht mehr, nicht weniger. Genug, um die Kampfkraft der Einheit zu brechen, ohne einen massiven Vergeltungsschlag zu provozieren.

Dann, fast so plötzlich wie der Angriff begonnen hatte, änderte sich etwas. Die Sound-Drohnen zogen sich zurück, stiegen höher. Die Tiefflugdrohnen folgten ihnen, sammelten sich über den Löchern im Netz. Die Koordinator-Drohnen schienen ein Signal zu geben.

Wie ein einziger Organismus zog sich der Schwarm zurück. Die Drohnen flogen durch die geschnittenen Öffnungen, formierten sich wieder über dem Netz. Das Summen wurde leiser, entfernte sich.

Binnen weniger Minuten waren sie verschwunden. Als hätte es sie nie gegeben.

Zurück blieb ein verwüstetes Lager. Die Sanitätsstation war überlastet mit Verwundeten. Der Hauptmann lag dort, zahlreiche Schnittwunden im Gesicht, ein Sanitäter entfernte vorsichtig kleine Metallsplitter aus seiner Haut. Der Leutnant neben ihm hatte eine provisorische Schiene am Bein, sein Gesicht vor Schmerz verzerrt.

Überall lagen Männer mit Reizungen der Atemwege, mit temporärer Blindheit, mit Schnittwunden und Verbrennungen. Keiner war tödlich verwundet, aber die meisten waren kampfunfähig.

Er wagte sich aus seinem Unterschlupf, blickte sich um. Der Alte kam auf ihn zu, ein kleiner Schnitt an seiner Stirn, aber ansonsten unverletzt.

"Hast du das gesehen?", fragte er grimmig.

Er nickte. "Ein Drohnenschwarm. Aber keiner wie ich ihn je gesehen habe."

"Nicht wie ich ihn je gesehen habe", korrigierte der Alte. "Und ich bin seit dem ersten Tag hier." Er blickte sich um, betrachtete das Chaos. "Sie wussten genau, wen sie angreifen mussten."

"Die Befehlsstruktur", sagte er. "Sie haben sie vollständig erkannt und systematisch ausgeschaltet."

Der Alte nickte. "Und jeder, der zurückschoss, wurde sofort bestraft. Wie ein Hornissenschwarm. Man schlägt einen, und alle fallen über dich her."

Er dachte an seine Schrotflinte, die er nicht eingesetzt hatte. Eine weise Entscheidung, wie sich herausstellte.

"Was jetzt?", fragte er.

Der Alte zuckte mit den Schultern. "Wir bringen die Verwundeten weg. Wir warten auf neue Befehle. Wir machen weiter." Er klang müde, resigniert. "Was sonst?"

Sie standen da, inmitten des Chaos, und blickten zum zerfetzten Netz hinauf. Die vermeintliche Sicherheit, die es geboten hatte, war nur eine Illusion gewesen.

Er dachte an den leeren Brief in seinem Unterschlupf. Was sollte er jetzt schreiben? Wie sollte er beschreiben, was er gerade erlebt hatte?

Die Wahrheit würde die Zensoren nie passieren. Und die Lüge – dass alles in Ordnung sei, dass sie die Situation unter Kontrolle hätten – erschien ihm nun absurder denn je.

Der Hauptmann

Der Angriff war vorüber, aber das Chaos blieb. Er stand vor seinem Erdloch, beobachtete das hektische Treiben im zerstörten Lager. Überall bewegten sich Soldaten, manche zielstrebig, andere wie betäubt. Der Geruch von Tränengas hing noch in der Luft, vermischt mit dem metallischen Duft von Blut und dem beißenden Gestank verbrannten Kunststoffs.

Sein Blick fiel auf den Sanitätsbereich. Der Hauptmann saß dort auf einer umgedrehten Munitionskiste, das Gesicht und die Arme übersät mit kleinen Schnittwunden. Ein Sanitäter zog mit einer Pinzette systematisch Metallsplitter aus der Haut des Offiziers, tupfte die Wunden mit einem Antiseptikum ab. Der Hauptmann zuckte nicht einmal. Seine Augen waren klar, seine Stimme fest, während er Befehle an die Soldaten gab, die einen nach dem anderen herantraten, um zu berichten oder Anweisungen zu erhalten. "Funk zum Bataillon. Sanitätsfahrzeuge für die Schwerverletzten. Sofort." Der Hauptmann blickte nicht einmal auf, während der Sanitäter einen besonders tief sitzenden Splitter aus seiner Wange zog. "Die mobilen Verwundeten sammeln bei der Feldküche. Der Rest bleibt, wo er ist, bis die Fahrzeuge da sind."

Der Alte trat neben ihn, folgte seinem Blick. "Da sitzt er nun", sagte er leise, "wie eine verdammte Statue. Neununddreißig Splitter haben sie bisher aus ihm gezogen. Er hat nicht einmal um Schmerzmittel gebeten."

Er sah den Alten fragend an. "Du kennst ihn?"

"Jeder hier kennt ihn." Der Alte zündete sich eine Zigarette an, nahm einen tiefen Zug. "War beim ersten Einsatz dabei. Beim zweiten auch. Hat mehr Zeit an der Front verbracht als in der Heimat, seit der Krieg begonnen hat."

"Ein Berufssoldat also."

Der Alte schüttelte den Kopf. "Nein. Das ist das Verrückte. Er war Architekt. Hat Museen entworfen, Konzerthallen. Kulturzeug." Er schnippte Asche von seiner Zigarette. "Jetzt entwirft er Taktiken für den Stellungskrieg."

Sie beobachteten, wie der Hauptmann aufstand, noch während der Sanitäter an seinem Arm arbeitete. Der Offizier bewegte sich zum nächsten Verwundeten, einem jungen Soldaten mit einem gebrochenen Bein, beugte sich zu ihm hinunter, sprach leise mit ihm. Der junge Mann nickte schwach, sein Gesicht kreidebleich, aber etwas in seiner Haltung veränderte sich. Eine gewisse Entspannung. Vertrauen.

"Er geht zu jedem Einzelnen", sagte der Alte. "Jedes Mal. Egal wie schlimm es ist. Spricht mit ihnen, als wären sie die Einzigen, die zählen."

"Gute Taktik, um die Moral zu stärken", bemerkte er.

Der Alte warf ihm einen scharfen Blick zu. "Das ist keine Taktik, Junge. Das ist der Mann, der er ist." Er nahm einen weiteren Zug von seiner Zigarette. "Ich war dabei, als er bei Nacht in ein Minenfeld ging, um einen Verwundeten zu bergen. Wir hatten alle Angst, haben uns geweigert. Er nicht." Der Alte deutete mit dem Kinn auf den Hauptmann. "Hat keinen Befehl gegeben. Hat einfach sein Fernglas abgelegt und ist losgegangen. Allein. Hat den Kerl zurückgebracht."

Er beobachtete, wie der Hauptmann sich nun zum Kommandoposten bewegte, oder was davon übrig war. Die Plane hing in Fetzen, das Kartenmaterial war verstreut. Der Offizier begann methodisch, die Karten zu sammeln, sie neu zu ordnen. Seine Bewegungen waren präzise, effizient. Keine verschwendete Energie.

"Er könnte in der Etappe sein", fuhr der Alte fort. "Hat genug Auszeichnungen, um einen Bürosessel zu bekommen. Will er nicht." Der Alte schnaubte leise. "Sagt, er kann seine Männer nicht von hinten führen."

"Ein Idealist", sagte er.

"Nein." Der Alte schüttelte den Kopf. "Ein Idealist würde Reden halten. Über Freiheit und Demokratie und all den Scheiß. Er redet nicht. Er tut." Er drückte seine Zigarette aus, sorgfältig, mit der Präzision eines Mannes, der wusste, dass selbst kleine Dinge Konsequenzen haben konnten. "Ich habe ihn nie über Politik reden hören. Nie über die großen Ziele des Krieges. Er spricht nur über das, was direkt vor uns liegt. Den nächsten Hügel. Die nächste Patrouille. Die nächste Mahlzeit."

Der Hauptmann hatte die Karten geordnet und sprach nun mit dem Funker, dessen Gerät durch den Angriff beschädigt worden war. Sie sahen, wie der Offizier das Funkgerät selbst in die Hand nahm, es inspizierte, dann einen Schraubenzieher forderte. Mit geübten Bewegungen öffnete er das Gehäuse, untersuchte die Innereien der Maschine. Seine Stirn runzelte sich leicht, während er verschiedene Komponenten prüfte, Verbindungen nachzog, ein verbranntes Bauteil vorsichtig herauslöste.

Nach einigen Minuten schüttelte er den Kopf, schloss das Gehäuse wieder. Das Gerät blieb stumm. Selbst seine Fähigkeiten hatten

Grenzen. Er sagte etwas zum Funker, der nickte und ein Notizbuch hervorholte. Wahrscheinlich eine Bestellung für Ersatzteile. Bis dahin waren sie abgeschnitten, isoliert von der Befehlskette.

"Er kann fast alles reparieren", sagte der Alte mit einem Anflug von Resignation. "Aber nicht alles."

Die Worte hingen zwischen ihnen in der Luft. Nicht alles konnte repariert werden. Nicht die zerstörte Technik. Nicht die verwundeten Männer. Nicht dieser endlose, zermürbende Krieg.

"Glaubst du, dass er uns reparieren kann?", fragte er leise. "Nach allem, was wir gesehen haben? Nach den Hunden? Den Drohnen?"

Der Alte sah ihn lange an. "Er kann uns funktionsfähig halten. Das reicht für den Moment."

Sie schauten wieder zum Hauptmann. Er hatte das nutzlose Funkgerät beiseite gelegt und organisierte nun die verbliebenen Männer für die Nacht. Patrouillen mussten neu eingeteilt werden. Wachposten besetzt. Die Verwundeten versorgt. All das ohne Unterstützung von außen, ohne frische Befehle, ohne die Gewissheit, dass Hilfe kommen würde.

"Siehst du?", sagte der Alte. "Er macht, dass die Dinge funktionieren, so gut es geht." Er seufzte leise. "Und er macht, dass wir funktionieren. Ist das nicht alles, was wir in diesem verdammten Krieg erwarten können?"

Sie beobachteten, wie der Hauptmann wieder zum Sanitätsbereich zurückkehrte, sich wieder auf die Kiste setzte. Der Sanitäter fuhr fort, Splitter zu entfernen, aber der Offizier arbeitete weiter, gab Befehle, koordinierte die Versorgung der Verwundeten, organisierte die Verteidigung für die Nacht.

"Würdest du ihm folgen?", fragte der Alte plötzlich. "Wenn er dich bitten würde, in ein Minenfeld zu gehen?"

Die Frage hing in der Luft. Er hörte sie, ließ sie aber unbeantwortet. Sein Blick blieb auf den Hauptmann gerichtet, der trotz seiner Verletzungen weiter funktionierte, weiter führte, weiter kämpfte.

Was sollte er antworten? Dass er nicht wusste, ob er den Mut hätte? Dass er an seine Töchter dachte, die ohne Vater aufwachsen könnten? Dass er immer noch nicht verstand, warum er überhaupt hier war, in diesem fremden Land, kämpfend für eine Sache, die ihm mit jedem Tag fremder erschien?

Der Alte wartete nicht auf eine Antwort. Vielleicht hatte er keine erwartet. Nach einem Moment fuhr er fort: "Die meisten würden es tun. Weil er uns nicht bittet, etwas zu tun, was er nicht selbst tun würde." Er machte eine Geste, die das gesamte Lager umfasste. "In dieser Hölle ist das alles, was zählt."

Der Hauptmann erhob sich wieder, trotz der Proteste des Sanitäters. Ein weiterer Soldat hatte sich genähert, hielt ein handgeschriebenes Blatt Papier in der Hand. Eine Nachricht, die per Boten gekommen sein musste, nun da der Funk ausgefallen war. Der Offizier las es, nickte, gab eine kurze Anweisung. Dann kehrte sein Blick zu dem verwundeten Mann zurück, der neben ihm lag. Die Befehlsübermittlung war abgeschlossen. Die menschliche Verbindung blieb bestehen.

"Das", sagte der Alte und deutete auf den Hauptmann, "ist der Unterschied zwischen einem Offizier und einem Anführer. Ein Offizier gibt Befehle. Ein Anführer gibt uns einen Grund, sie zu befolgen."

Er nickte langsam. Vielleicht war das alles, was in diesem Krieg noch zählte. Nicht die großen Ideale, für die sie angeblich kämpften. Nicht die politischen Ziele, die so weit entfernt schienen von ihrer täglichen Realität. Sondern die Menschen direkt neben ihnen. Die Männer, die ihre Ängste teilten, ihre Gefahren, ihre kleinen Triumphe.

"Ich sollte meinen Brief fertig schreiben", sagte er schließlich.

Der Alte warf ihm einen Seitenblick zu. "Hast du einen angefangen?"

"Versucht. Die Worte kommen nicht."

"Schreib über ihn", sagte der Alte und nickte zum Hauptmann hinüber. "Über Menschen wie ihn. Das sind die einzigen Geschichten aus diesem Krieg, die es wert sind, erzählt zu werden."

Der Hauptmann winkte sie näher, sein Gesicht immer noch eine Landkarte aus Schnittwunden und getrocknetem Blut. Der Sanitäter arbeitete weiter an ihm, entfernte methodisch einen Metallsplitter nach dem anderen, während der Offizier sprach.

"Ihr zwei", sagte er, seine Stimme ruhig und klar trotz der offensichtlichen Schmerzen. "Ihr habt Erfahrung mit den Alarmdrähten an der vorderen Linie, richtig?"

Der Alte nickte. "Ja, Herr Hauptmann."

"Gut. Wir müssen die Netze reparieren. Sofort. Falls der Schwarm zurückkommt, brauchen wir zumindest ein geschlossenes Dach." Der Hauptmann deutete auf die zerfetzten Überreste der Fischernetze, die über dem Lager hingen. "Nehmt vier Mann und flickt die größten Löcher. Es muss nicht perfekt sein, nur dicht genug, um den nächsten Angriff zu erschweren."

Er und der Alte tauschten einen Blick aus. Beide wussten, dass die Netze den letzten Angriff kaum verlangsamt hatten. Die Drohnen hatten sie einfach durchschnitten. Aber sie würden nicht widersprechen.

"Noch etwas", fuhr der Hauptmann fort. "Wenn ihr fertig seid, nehmt ein paar Rollen der Netze mit zurück zur vorderen Linie." Er griff nach einer zerknitterten Karte, die neben ihm lag, deutete auf einen Punkt. "Hier, in der Nähe eurer Position. Spannt die Netze kreuz und quer zwischen den Bäumen. Nicht als Dach, sondern als eine Art... Parcours."

Der Alte runzelte die Stirn. "Ein Parcours, Herr Hauptmann?"

"Ja. Diese Drohnen arbeiten als Schwarm, sie koordinieren sich. Wenn wir ihre Flugbahn mit Netzen komplizierter machen, müssen sie mehr Ressourcen für die Navigation aufwenden." Er sah sie durchdringend an. "Vielleicht macht es ihre Abstimmung schwieriger. Einen Versuch ist es wert."

Es klang nach einer Verzweiflungstat. Aber im Angesicht des Drohnenschwarms waren sie alle verzweifelt.

"Wir kümmern uns darum, Herr Hauptmann", sagte er.

Sie sammelten vier weitere Soldaten ein – von denen, die nur leicht verletzt waren – und machten sich an die Arbeit. Die Reparatur der Netze ging überraschend schnell. Das Material war leichter zu handhaben als erwartet, und zwischen sechs Männern teilte sich die Arbeit gut auf. Sie verwendeten dünne Drahtseile und kleine Karabinerhaken, um die Lücken zu schließen.

Nach nur dreißig Minuten waren fast alle Löcher geflickt. Das Netz bildete wieder eine zusammenhängende Decke über dem Lager, etwas unregelmäßig zwar, aber funktional.

"Schneller als gedacht", sagte der Alte und betrachtete ihr Werk mit einem Anflug von Zufriedenheit.

Er nickte, wischte sich den Schweiß von der Stirn. Es war gute Arbeit gewesen, effizient und zweckmäßig. Vielleicht würde es tatsächlich helfen, wenn—

Das Pfeifen kam ohne Vorwarnung.

Dieses Geräusch war anders als das Summen der Drohnen. Höher. Schärfer. Eindringlicher.

Artillerie.

"Deckung!", brüllte jemand.

Er ließ sich sofort fallen, presste seinen Körper gegen den Boden. Der Alte tat dasselbe, landete schwer neben ihm im Schmutz.

Der erste Einschlag kam unmittelbar. Ein ohrenbetäubendes Krachen, gefolgt von einer Druckwelle, die über sie hinwegfegte. Erde, Splitter und Trümmer regneten auf sie nieder.

"Sie haben die Position gemeldet", keuchte der Alte neben ihm. "Die verdammten Drohnen haben unsere Koordinaten weitergegeben."

Ein zweiter Einschlag folgte, näher diesmal. Die Erde unter ihnen bebte. Er spürte, wie der Luftdruck in seinen Ohren schwankte, wie ein unsichtbarer Hammer gegen seine Trommelfelle schlug.

Schreie hallten durch das Lager. Schmerzensschreie. Rufe nach Sanitätern. Befehle, die im Chaos untergingen.

Der dritte Einschlag war der schlimmste. Direkt im Zentrum des Lagers, dort, wo sie gerade noch die Netze repariert hatten. Die Explosion riss ein riesiges Loch in das frisch geflickte Dach, zerfetzte die Netze, als wären sie aus Papier.

Dann herrschte plötzlich Stille. Eine unheimliche, drückende Stille, nur unterbrochen vom Stöhnen der Verwundeten und dem leisen Knistern von Feuer irgendwo im Lager.

Nur für Sekunden herrschte Stille. Dann begann es. Das Summen.

Nach dem letzten Artillerieeinschlag setzte es ein, präzise hatenn die Drohnen auf ihren Einsatz gewartet. Ein leises, beunruhigendes Summen, das die Luft um sie herum erfüllte. Diesmal war es anders. Nicht das koordinierte Geräusch eines sich sammelnden Schwarms. Es kam von überall und nirgendwo. Mal von links, dann von rechts. Mal leise, dann lauter.

Innerhalb von Sekunden schwoll das Geräusch an, wurde zu einem durchdringenden Brummen, das die Zähne vibrieren ließ. Es füllte den gesamten Raum, schien aus dem Boden zu kommen, aus der Luft, aus den Bäumen. Es umhüllte das Lager wie eine akustische Decke.

"Deckung!", rief jemand. "Der Schwarm kommt!"

Alle Augen richteten sich nach oben, suchten den Himmel ab. Soldaten griffen nach ihren Waffen, zielten blindlings in die Luft. Andere duckten sich tiefer in ihre Gräben, hielten die Hände schützend über ihre Köpfe, als könnten sie damit den unsichtbaren Angriff abwehren.

Doch da war nichts zu sehen. Kein Schwarm. Keine Drohnen. Nur der wolkenverhangene Abendhimmel und das allgegenwärtige, nervenzerreißende Summen.

Das Geräusch pulsierte jetzt, wurde lauter, fast schmerzhaft intensiv, dann wieder leiser, aber nie ganz verstummend. Es spielte mit ihnen, mit ihren Sinnen, mit ihrer Angst. Ein psychologisches Instrument, perfekt kalibriert, um maximalen Stress zu erzeugen.

Er beobachtete, wie Männer um ihn herum zunehmend nervös wurden. Einige drehten sich hektisch im Kreis, versuchten die Quelle des Geräusches zu lokalisieren. Andere starrten wie hypnotisiert in den Himmel, ihre Gesichter maskenhafte Abbilder purer Beklemmung. Wieder andere pressten die Hände auf die Ohren, schlossen die Augen, versuchten sich abzuschirmen von der akustischen Folter.

"Wo sind sie?", flüsterte ein junger Rekrut neben ihm, seine Stimme bebend vor unterdrückter Panik. "Ich sehe sie nicht. Warum kann ich sie nicht sehen?"

Niemand antwortete. Niemand hatte eine Antwort.

Das Summen veränderte sich erneut, wurde zu einem hohen, kreischenden Ton, der wie eine Säge durch das Gehirn schnitt. Einige Männer schrien auf, hielten sich die Ohren. Andere fielen auf die Knie, überwältigt von dem Geräusch, das jede Konzentration unmöglich machte, jeden kohärenten Gedanken zerschlug.

Er selbst fühlte, wie seine Brust sich verengte, wie die Angst in ihm aufstieg. Nicht die scharfe, unmittelbare Angst eines direkten Angriffs. Eine tiefere, primitivere Furcht. Die Angst vor dem Unbekannten. Vor dem Unsichtbaren. Vor etwas, das man nicht bekämpfen, nicht einmal sehen konnte.

Das Summen erreichte einen neuen Höhepunkt. So intensiv, dass es fast greifbar wurde, eine physische Präsenz in der Luft. Die Männer im Lager bewegten sich wie Schlafwandler, benommen, orientierungslos. Einige hatten aufgegeben, ihre Umgebung abzusuchen, standen einfach nur da, ihre Gesichter leer, ihre Augen unfokussiert.

Ein Unteroffizier versuchte Befehle zu rufen, aber seine Worte gingen unter im Meer des Summens. Ein Sanitäter saß neben einem Verwundeten, seine Hände schwebten unentschlossen über dessen Körper, als hätte er vergessen, was er tun wollte.

Die Zeit schien sich zu dehnen, wurde elastisch, unwirklich. Minuten fühlten sich an wie Stunden. Das Summen war alles, füllte jeden Raum, jeden Gedanken.

Und dann, so plötzlich wie es begonnen hatte, änderte sich das Geräusch erneut. Es begann zu pulsieren, in immer längeren Intervallen. Laut – leise – Stille – laut – leise – längere Stille. Als würde es sich langsam zurückziehen, sich verabschieden.

Mit jedem Puls wich die lähmende Intensität ein wenig mehr. Die

Stille zwischen den Pulsen wurde länger, gab den Männern kurze Momente der Erleichterung, der Klarheit.

Bis schließlich, nach einer besonders langen Phase der Stille, das Summen nicht zurückkehrte.

Die Stille war fast so erschreckend wie das Geräusch zuvor. Alle horchten, warteten, die Körper angespannt, die Sinne überreizt. Bereit für die Rückkehr des akustischen Terrors.

Sekunden verstrichen. Dann Minuten.

Vorsichtig begannen einige der Männer, sich zu bewegen. Zuerst langsam, unsicher, als würde jede Bewegung das Summen zurückbringen können. Dann mit mehr Zuversicht.

"Ist es vorbei?", fragte jemand, die Stimme kaum mehr als ein Flüstern.

Niemand antwortete. Die Frage hing in der Luft, unbeantwortet, wie eine Bedrohung.

Die Stille war vollständig, fast übernatürlich. Keine Vögel sangen. Kein Wind bewegte die Blätter. Selbst die Verwundeten schienen ihre Schmerzenslaute gedämpft zu haben, als fürchteten sie, zu viel Aufmerksamkeit zu erregen.

Es war eine trügerische Ruhe. Eine Ruhe, die niemand zu trauen wagte. Zu frisch war die Erinnerung an das Summen, zu real die Furcht vor seiner Rückkehr.

Er blickte zum Alten hinüber, suchte in dessen verwittertem Gesicht nach Antworten, nach Bestätigung. Der Alte schaute zurück, seine Augen ungewöhnlich wachsam in seinem sonst so stoischen Gesicht. Er nickte fast unmerklich, ein stilles Eingeständnis: Ja, es scheint vorbei zu sein. Für jetzt.

Die Männer um sie herum begannen langsam, ihre normale Tätigkeit wieder aufzunehmen. Die Sanitäter kehrten zu den Verwundeten zurück. Die Feuerwehrtrupps löschten die letzten Brandherde. Offiziere gaben wieder Befehle, anfangs leise, dann mit zunehmender Sicherheit lauter.

Doch in jedem Gesicht, in jeder Bewegung war sie zu sehen: die verbleibende Anspannung. Die Furcht vor dem, was kommen mochte. Die nagende Frage, ob die Stille wirklich echt war. Ob die unsichtbaren Drohnen tatsächlich verschwunden waren. Oder ob sie immer noch da draußen lauerten, warteten, beobachteten – bereit, jeden Moment zurückzukehren und ihr nervenzerreibendes Spiel fortzusetzen.

Wirkliche Ruhe? Nein. Es war nur eine Pause. Eine Atempause in einem endlosen Krieg der Nerven.

Er hob vorsichtig den Kopf, spähte über den Rand einer kleinen Erderhebung, hinter der sie Schutz gesucht hatten. Das Lager war verwüstet. Einer der Unterstände war komplett zerstört, wahrscheinlich von einem direkten Treffer. Ein anderer brannte lichterloh, schwarzer Rauch stieg in den Abendhimmel. Überall lagen Verletzte, einige bewegten sich noch, andere lagen erschreckend still.

Er stand langsam auf, klopfte den Schmutz von seiner Uniform. Seine Ohren klingelten immer noch von den Explosionen, sein Gleichgewicht war leicht gestört. Der Alte neben ihm schien ähnlich benommen, schwankte leicht beim Aufstehen.

Das Lager glich einem Ameisenhaufen, in den jemand einen Stock gestoßen hatte. Überall herrschte hektische Aktivität. Sanitäter eilten von einem Verletzten zum nächsten. Unteroffiziere versuchten, Ordnung ins Chaos zu bringen. Soldaten löschten die Brände oder gruben nach Verschütteten.

Doch trotz der Rückkehr zu einer Art Normalität blieb ein Rest des Schreckens in der Luft. Eine kollektive Erinnerung an das unsichtbare Grauen. Eine geteilte Vorahnung, dass die wahre Ruhe eine Illusion war. Dass das Summen zurückkehren würde.

Der Marsch

Der Nachmittag neigte sich seinem Ende zu. Die Sonne stand tiefer am Himmel, tauchte das verwüstete Lager in ein trügerisch goldenes

Licht. Schatten wurden länger, dunkler. In wenigen Stunden würde die Nacht hereinbrechen.

Er stand vor seinem notdürftig reparierten Unterschlupf, packte methodisch die Ausrüstung für den Rückmarsch zur vorderen Linie. Sein Körper bewegte sich automatisch, während sein Geist rastlos umherwanderte, zwischen Erschöpfung und Anspannung pendelte.

Der Alte kam zu ihm herüber, sein Gang etwas steifer als am Morgen. Das Adrenalin des Angriffs hatte nachgelassen, ließ ihn nun das volle Gewicht seiner Jahre spüren.

"Für den Jungen kommt kein Ersatz", sagte der Alte ohne Einleitung. "Nicht heute, jedenfalls."

Er nickte stumm. Der Junge war gestern noch bei ihnen gewesen. Jung, mit diesem ständigen nervösen Lächeln. Jetzt war er tot, ein Splitter in seinem Schädel. Ein weiterer Name auf einer immer länger werdenden Liste.

"Der Hauptmann sagt, der Funk ist komplett ausgefallen", fuhr der Alte fort. "Die Drohnen haben irgendeine Störung ausgelöst, vielleicht ein EMP. Sie arbeiten daran, aber es kann bis zum Abend dauern, bis wir wieder Verbindung haben."

Wieder nickte er. Keine Verstärkung. Kein Funk. Sie würden zu zweit sein für eine Aufgabe, die eigentlich drei Mann erforderte.

"Wie sieht es wohl vorne aus?", fragte er leise, mehr zu sich selbst als zum Alten.

"Wenn es hier schon so chaotisch ist..." Der Alte ließ den Satz unvollendet hängen. Beiden war klar, was das bedeutete. Das rückwärtige Lager war verwüstet, aber immerhin gab es hier Sanitäter, Vorräte, Führung. An dem vorderen Beobachtungsposten waren sie auf sich allein gestellt.

Er bückte sich, zog seine Schrotflinte, eine Pump-Gun, unter der Isomatte hervor. Eine Pallas Tactical, türkisch, abgenutzt, aber funktionsfähig.

Er hatte sie vor einigen Monaten gefunden, in einem verlassenen

Dorf, kurz bevor sie in diesen Frontabschnitt verlegt wurden. Eine Geisterstadt, ausgeräumt von früheren Plünderern und Evakuierungen. Die Häuser standen noch, aber alles von Wert war längst verschwunden. Oder so dachte er, bis er in einem Keller unter einer losen Bodendiele diese Schönheit entdeckte.

Warum sie noch da war, blieb ein Rätsel. Hatte der Besitzer sie versteckt und war dann nicht zurückgekehrt? War sie übersehen worden? War es Schicksal? Er hatte gezögert, sie mitzunehmen. War das Plündern? Diebstahl? Solche moralischen Bedenken erschienen jetzt absurd, fast komisch. In einem anderen Leben hätte er sich darum gesorgt. In diesem Leben nahm er die Waffe.

Sie erinnerte ihn an seine Benelli M4, die er einst besessen hatte. Ein wahres Schmuckstück. High-End. Zuverlässig. Mit ihr war er auf die Jagd gegangen, auf seinem Grundstück am Waldrand. Zum Vergnügen. Zum Sport. Die Ironie entging ihm nicht – jetzt jagte er mit einer ähnlichen Waffe, aber es ging um sein Leben.

Die Pallas Tactical war keine Benelli. Der halbautomatische Modus funktionierte nicht richtig, besonders mit leichterem Schrot. Mit den schwereren Ladungen ging es besser, aber er vertraute darauf nicht. Meistens traf er mit dem ersten Schuss, und dann benutzte er sie wie einen Repetierer. Altmodisch. Zuverlässig. Mechanisch.

Er schätzte besonders die Möglichkeit, den Schaft abzumontieren. Das sparte Platz, machte die Waffe kompakter für den Transport. In seinen Unterschlupf passte sie so problemlos, versteckt unter der Isomatte. Eine kleine Anpassung, die einen großen Unterschied machte.

Die Waffe hatte sich als ideal für die Drohnenjagd erwiesen. Die Streuung des Schrots erhöhte die Trefferwahrscheinlichkeit gegen die kleinen, schnellen Ziele. Ein glücklicher Treffer konnte eine Drohne vom Himmel holen. Zumindest die älteren, kleinen Modelle. Ob sie gegen den Schwarm wirksam wäre, bezweifelte er. Aber immerhin gab sie ihm ein Gefühl der Kontrolle. Des Handelns, statt nur zu reagieren.

Schrot war knapp. Er hatte einige Schachteln im selben Keller gefunden, aber nicht viel. Seitdem hatte er jede Patrone gehütet wie einen Schatz. Jede Schuss zählte. Ein weiterer Unterschied zu seinem früheren Leben, wo Munition eine Selbstverständlichkeit war, etwas, das man kaufte wie Brot oder Milch.

Er dachte an den Tag, als er die Flinte fand. Wie er sie auseinander nahm, reinigte, wieder zusammensetzte. Wie das Metall kühl und solide in seinen Händen lag. Ein Stück Normalität in einer Welt, die jede Verbindung zur Normalität verloren hatte.

Er hatte der Einheit nie von seinem Fund erzählt, nur dem Alten. Die Waffe war nie offiziell registriert worden. Sie war sein persönliches Geheimnis. Seine private Versicherung. Seine stille Begleiterin.

Er überprüfte die Flinte mechanisch, lud sie mit Schrotpatronen. Die schweren Patronen klirrten in seiner Tasche, als er zusätzliche Munition einsteckte. Zwölf Schuss in der Tasche, fünf in der Waffe. Nicht viel, aber besser als nichts.

Sein Blick fiel auf das leere Briefpapier, das immer noch auf seiner provisorischen Ablage lag. "Liebe Lena, liebe Sofia" – die einzigen Worte, die er geschafft hatte. Der Rest des Papiers war leer wie sein Geist, wenn er versuchte, das Unbeschreibliche zu beschreiben.

Er faltete das Papier sorgfältig, steckte es in seine Brusttasche. Vielleicht würde er später weiterschreiben. Vielleicht würden die Worte kommen, wenn er wieder in seinem Grabenloch saß, wieder die kalte Nachtluft atmete.

Oder vielleicht würde es für immer unvollendet bleiben, wie so vieles in diesem Krieg.

Der Alte wartete draußen auf ihn, eine Kiste mit Proviant zu seinen Füßen. Konserven, Trockenbrot, Wasserflaschen. Daneben lagen die Netzrollen, schwer vom Salz und dem Geruch des Meeres.

"Bereit?", fragte der Alte.

"So bereit wie möglich", antwortete er und schulterte seinen Rucksack.

Sie hatten das Gewicht aufgeteilt – er nahm zwei der Netzrollen und die Hälfte des Proviants, der Alte den Rest. Die Schrotflinte hing an seinem Gürtel, ein vertrautes Gewicht an seiner Seite.

Als sie das Lager verließen, drehte er sich noch einmal um. Es glich einem Kriegsschauplatz im Miniaturformat. Rauchende Trümmer. Provisorische Sanitätsstationen. Männer, die hektisch arbeiteten, reparierten, verbanden. Es war ein Ort der Zerstörung, aber auch der Aktivität, des Lebens.

Was sie vorn erwartete, wusste keiner.

Sie bewegten sich in westlicher Richtung, folgten einem ausgetretenen Pfad durch verbogene Bäume und verkohltes Unterholz. Die sinkende Sonne warf lange Schatten vor ihnen, verwandelte jede unschuldige Form in eine potenzielle Bedrohung.

"Was denkst du, wo der Schwarm jetzt ist?", fragte er nach einigen Minuten des Schweigens.

Der Alte warf ihm einen Seitenblick zu. "Wer weiß? Vielleicht überall. Vielleicht nirgendwo."

"Aber dieses Summen... es kam von überall. Als wären sie um uns herum, aber unsichtbar."

"Vielleicht waren sie das." Der Alte duckte sich unter einem niedrigen Ast hindurch. "Oder vielleicht war es nur eine Aufnahme, abgespielt von irgendwo, um uns nervös zu machen."

Er dachte darüber nach. Eine psychologische Taktik? Möglich. Aber das würde die präzisen Artillerieeinschläge nicht erklären.

"Es fühlt sich an, als ob sie irgendwo da draußen sind. Warten. Beobachten." Er justierte die schwere Netzrolle auf seiner Schulter. "Meinst du, ihre Akkus sind irgendwann leer? Müssen sie aufladen wie die Kampfhunde?"

Der Alte zögerte, als würde er erstmals ernsthaft über diese Frage nachdenken. "Wahrscheinlich. Alles braucht Energie. Selbst diese Höllendinger."

"Wo würden sie aufladen? Haben sie Stützpunkte? Lager, wie die Kampfhunde?" Die Fragen sprudelten aus ihm heraus, als hätte das

Summen etwas in seinem Kopf gelockert.

"Könnte sein." Der Alte duckte sich unter einem weiteren Ast hindurch. "Der Langharige im Lager erzählte von Drohnen, die Versorgungspakete abwerfen. Vielleicht gibt es so etwas auch für diese kleinen Schwarmdrohnen. Austauschbare Akkus, die von größeren Drohnen geliefert werden."

Das Bild formte sich in seinem Kopf: Kleine Akkupakete, die von größeren Transportdrohnen abgeworfen wurden. Die Minidrohnen, die sich wie hungrige Mücken darauf stürzten, ihre Energie erneuerten. Ein autonomes System, unabhängig von menschlichem Eingreifen.

"Wenn das stimmt", sagte er langsam, "dann müssten sie regelmäßig zu bestimmten Punkten zurückkehren. Vorhersehbare Orte."

Der Alte sah ihn an, ein Funkeln in seinen müden Augen. "Verwundbare Orte."

Sie verstanden sich ohne weitere Worte. Wenn die Drohnen Aufladepunkte hatten, könnten diese aufgespürt werden. Und was aufgespürt werden konnte, konnte zerstört werden.

Ein kleiner Funke Hoffnung in der wachsenden Dunkelheit.

Sie setzten ihren Marsch fort, bewegten sich jetzt schneller trotz der schweren Last. Die Vorstellung, einen Schwachpunkt im scheinbar unverwundbaren Schwarm gefunden zu haben, trieb sie an.

Der Wald um sie herum wurde dichter, die Schatten tiefer. Ein kühler Wind strich durch die verbrannten Bäume, ließ Asche und verkohlte Blätter wie schwarzen Schnee auf sie niederrieseln.

"Hörst du das?", fragte der Alte plötzlich und blieb stehen.

Er erstarrte, lauschte angestrengt. Zuerst hörte er nichts außer dem leisen Knirschen der Asche unter ihren Stiefeln und dem fernen Rauschen des Windes in den Baumkronen.

Dann nahm er es wahr. Ein fast unmerkliches Summen, gerade an der Grenze des Hörbaren. Nicht wie zuvor, nicht überall und nirgendwo zugleich. Dieses Mal kam es aus einer bestimmten Richtung. Von vorne. Von dort, wo die Frontlinie lag.

Sie tauschten einen Blick. Keine Worte waren nötig.

Die Drohnen waren dort, wo sie hin mussten. Warteten vielleicht auf sie. Oder bereiteten einen weiteren Angriff vor. Oder luden ihre Akkus auf, an einem jener hypothetischen Versorgungspunkte.
Die Schrotflinte an seiner Seite fühlte sich plötzlich schwerer an. Nützlicher. Wenn es wirklich einen Punkt gab, an dem die Drohnen verwundbar waren...
"Wir sollten weitergehen", sagte der Alte schließlich. "Die anderen warten auf uns. Auf die Netze."
Die Stellung
Die Abendsonne hing tief am Himmel, ein roter Ball, der die verwüstete Landschaft in kupferfarbenes Licht tauchte. Noch etwa eine Stunde bis zum Sonnenuntergang. Eine Stunde relativer Sicherheit, bevor die Nacht und ihre Gefahren hereinbrachen.
Sie erreichten die vordere Stellung erschöpft und schweiß getränkt. Der letzte Kilometer war besonders zermürbend gewesen. Das Gewicht der Netzrollen schien sich mit jedem Schritt zu verdoppeln. Seine Schultern schmerzten, seine Beine fühlten sich an wie Blei, und seine Lunge brannte von der Anstrengung und dem allgegenwärtigen Brandgeruch.

Die Stellung selbst war ein komplexes System aus Schützengräben, Unterständen und Beobachtungsposten, teilweise in den Waldboden gegraben, teilweise aus Sandsäcken und Baumstämmen errichtet. Tarnnetz bedeckte die wichtigsten Teile, obwohl der ständige Beschuss ihre sorgfältigen Tarnmaßnahmen immer wieder zunichte machte.
Drei Gestalten hoben sich gegen das rötliche Abendlicht ab. Ihre Kameraden. Der Lange, ein hagerer Mann mit schlaksigen Bewegungen. Der Brillenträger, ein ehemaliger Universitätsdozent, der nie sagte, was er unterrichtet hatte. Und der Stille, ein junger Mann, der seit einer Explosion vor zwei Monaten kaum mehr sprach.

"Da seid ihr ja endlich", sagte der Lange, als sie sich in den Hauptgraben fallen ließen und die schweren Netzrollen absetzten. "Wir haben uns schon Sorgen gemacht."

"Das Lager wurde angegriffen", antwortete der Alte knapp und rieb sich die schmerzenden Schultern. "Drohnenschwarm, dann Artillerie."

Die drei tauschten besorgte Blicke aus. Der Stille rückte näher, bot ihnen eine Feldflasche an. Er nahm einen tiefen Schluck. Kein Wasser – Schnaps. Selbstgebrannt, scharf und beißend. Er hustete, aber die Wärme, die sich in seinem Magen ausbreitete, war willkommen.

Der Brillenträger rückte seine Brille zurecht, eine nervöse Angewohnheit. "Wie schlimm?"

"Schlimm genug", sagte der Alte. "Dutzende Verletzte. Das halbe Lager in Trümmern. Kein Nachschub. Kein Funk."

Der Lange pfiff leise durch die Zähne. "Das erklärt, warum der Funk den ganzen Tag tot war."

"Was sind das für Netze?", fragte der Brillenträger und deutete auf die Rollen.

"Befehl vom Hauptmann", erklärte der Alte. "Wir sollen sie zwischen den Bäumen spannen. Wie einen Parcours für die Drohnen, um ihre Koordination zu stören. So ähnlich wie über dem Lager, nur... komplizierter."

Der Lange sah skeptisch aus. "Wird das funktionieren?"

"Wer weiß?", sagte der Alte müde. "Aber es ist ein Befehl."

"Wir helfen euch damit", sagte der Brillenträger. "Vor Einbruch der Dunkelheit können wir einen guten Teil erledigen."

Er nickte dankbar. Die Erschöpfung hing an ihm wie ein Bleigewicht. Sein Geist war träge, seine Gedanken unscharf und verschwommen.

"Wie war es hier?", fragte der Alte, während er seinen Proviant auspackte und die mitgebrachten Konserven verteilte. "Irgendwelche Bewegungen?"

Der Lange schüttelte den Kopf. "Ruhig. Fast zu ruhig. Keine Bewegung am Horizont, keine Aktivität an den markanten Punkten." Er deutete nach vorne, die Objekte seiner Ansichtsskizze einzeln im Abendlicht suchend. Jede Markierung diente der Orientierung im Gelände und einer möglichen Zielansprache auftauchender Feinde.

"Nur eine Sache", fügte der Brillenträger hinzu und rückte wieder seine Brille zurecht. "Etwa mittags. Eine große Drohne, größer als die üblichen Aufklärer. Sie flog sehr schnell und sehr tief über uns hinweg."

"Zu tief, um viel zu sehen", ergänzte der Lange. "Als würde sie einem vorprogrammierten Pfad folgen, nicht erkunden."

Er und der Alte tauschten einen Blick aus. Eine Transportdrohne vielleicht? Eine, die Versorgungspakete oder frische Akkus für die kleineren Drohnen lieferte?

"Und dann, etwa eine Stunde später", fuhr der Brillenträger fort, "hörten wir ein Geräusch. Wie ein Schwarm. Sehr deutlich. Es kam von hinten, aus der Richtung, aus der ihr gekommen seid."

Der Stille nickte bestätigend, machte mit seinen Händen eine wellende Bewegung, als wolle er das Summen nachahmen.

"Das Seltsame war", sagte der Lange, "dass es plötzlich aufhörte. Abrupt. Als hätte jemand einen Schalter umgelegt. Habt ihr etwas gesehen oder gehört, als ihr durch den Wald kamt?"

Er zögerte, überlegte, was er sagen sollte. Das Summen hatte sie durch den ganzen Marsch begleitet, war dann verschwunden, als sie sich der Frontlinie näherten. Als hätte der Schwarm sein Interesse verloren. Oder als hätte er ein anderes Ziel gefunden.

"Wir haben auch etwas gehört", sagte er schließlich. "Ein Summen. Es kam von vorne, von eurer Position."

Die drei sahen sich verwirrt an. "Von vorne?", fragte der Brillenträger. "Wir haben nichts gehört. Nicht von vorne. Nur von hinten."

"Seltsam", murmelte der Alte. "Als würde es von überall her kommen und nirgendwoher."

"Oder sie wechseln ihre Akkus", sagte er und erklärte ihre Theorie über Versorgungspunkte und Akkuwechsel. "Vielleicht ist die große Drohne, die ihr gesehen habt, eine Art Mutterschiff. Sie bringt frische Energie für die kleinen Schwarmdrohnen."

Der Brillenträger lehnte sich vor, ein skeptischer Ausdruck auf seinem Gesicht. "Das ist technisch unmöglich", sagte er und nahm seine Brille ab, um sie zu putzen – eine Geste, die er immer machte, wenn er im Begriff war, eine Vorlesung zu halten.

"Wieso unmöglich?", fragte der Alte.

"Die Ökonomie des Krieges", antwortete der Brillenträger und setzte die Brille wieder auf. "Ich war Volkswirt, bevor ich... hier landete." Er deutete vage um sich. "Diese Minidrohnen, von denen ihr sprecht, kosten vielleicht 300 Euro pro Stück, wenn sie in Massenproduktion hergestellt werden."

"So wenig?", fragte er überrascht.

"Die Technologie ist nicht mehr so teuer. Ein paar Elektromotoren, ein kleiner Prozessor, eine Kamera, ein Akku – alles Massenware." Der Brillenträger zeichnete mit dem Finger Kreise in die Luft. "Selbst mit Spezialsensoren oder einer kleinen Sprengladung kommt man kaum über 500 Euro pro Stück. Ein ganzer Schwarm von fünfzig Drohnen würde vielleicht 15.000 Euro kosten."

"Das ist immer noch viel Geld", warf der Lange ein.

"Für uns ja. Für eine Kriegsmaschine?" Der Brillenträger lachte humorlos. "Wisst ihr, was eine moderne Artilleriegranate kostet? Eine einzige? Fast 3.000 Euro für eine Standardgranate. Und eine gelenkte wie die, die sie heute auf das Lager abgefeuert haben? Bis zu 100.000 Euro. Pro Stück."

Sie starrten ihn ungläubig an.

"Mit dem Preis einer einzigen gelenkten Granate könnte man fast sieben komplette Drohnenschwärme bauen", fuhr der Brillenträger fort. "Deshalb ist es ökonomischer, diese Drohnen als Einwegprodukte zu betrachten. Als Munition. Nicht als Ausrüstung, die man auflädt und wiederverwendet."

Der Stille machte eine fragende Geste mit den Händen.

"Er fragt, warum wir sie dann nicht sehen, wenn sie überall sind", übersetzte der Brillenträger. "Die Antwort ist einfach: Sie sind klein, dunkel und schnell. Und sie werden vermutlich nach jedem Einsatz durch neue ersetzt."

"Aber das Summen", sagte der Alte nachdenklich. "Es war überall. Es klang nicht wie ein paar Dutzend kleine Drohnen. Es klang wie Hunderte."

"Oder wie ein Tonband", erwiderte der Brillenträger. "Eine Aufnahme, abgespielt über Lautsprecher. Psychologische Kriegsführung. Uns nervös machen, unseren Schlaf stören. Billiger als echte Drohnen, und fast genauso effektiv."

Sie schwiegen alle, ließen die Worte des Brillenträgers auf sich wirken. Seine Argumentation war logisch, seine Zahlen überzeugend. Und doch... das Summen war so real gewesen. Die Angst, die es ausgelöst hatte, so greifbar.

Der Lange richtete sich plötzlich auf, ein entschlossener Ausdruck auf seinem hageren Gesicht. "Theorie ist gut und schön. Aber ich will wissen, was wirklich da draußen ist."

Alle sahen ihn überrascht an.

"Was meinst du?", fragte der Brillenträger.

"Ich will nachsehen", erklärte der Lange. "Wenn es wirklich nur ein paar Lautsprecher sind, die Geräusche abspielen, können wir sie finden. Wenn es tatsächlich Drohnen sind, die landen und ihre Akkus wechseln – oder was auch immer sie tun – können wir auch das herausfinden." Er deutete in Richtung des Waldes, aus dem das Summen gekommen war. "Der Tag ist noch nicht vorbei. Wir haben noch eine Stunde Licht. Warum nutzen wir sie nicht, um zu sehen, was da wirklich vor sich geht?"

Der Alte runzelte die Stirn. "Die Stellung verlassen? Ohne Befehl?"

"Nicht alle", sagte der Lange schnell. "Zwei bleiben hier, zwei gehen suchen. Nur ein kurzer Erkundungsgang. Dreißig Minuten höchstens."

Er überlegte. Die Idee war riskant, aber verlockend. Ob Akkuwechsel oder Lautsprecher – in beiden Fällen wäre es wertvoll zu wissen, was hinter dem mysteriösen Summen steckte.

"Ich bin dabei", sagte er und ignorierte die mahnenden Blicke des Alten. "Wir können zumindest nachsehen."

Der Brillenträger schüttelte skeptisch den Kopf. "Ihr werdet nichts finden. Oder ihr findet etwas, das ihr lieber nicht gefunden hättet."

"Möglich", gab der Lange zu. "Aber zumindest wüssten wir dann mehr als jetzt."

Der Stille machte eine weitere Geste – er zeigte auf seine Ohren, dann formte er mit den Händen kleine Kreise.

"Er sagt, wir sollen auf das Summen achten", übersetzte der Brillenträger widerstrebend. "Es könnte uns zu seiner Quelle führen."

Der Lange nickte und überprüfte seine Ausrüstung – ein altes Fernglas, eine Taschenlampe, die er hoffentlich nicht brauchen würde, und sein Gewehr.

Er tat dasselbe, vergewisserte sich, dass die Schrotflinte geladen war und dass er genug Munition in seinen Taschen hatte. Nicht, dass er erwartete, sie zu brauchen. Dies war eine Erkundungsmission, keine Kampfpatrouille.

Die Sonne sank weiter, verwandelte den Himmel in ein Gemälde aus Orange und Rot. Bald würde die Dämmerung einsetzen, dann die Nacht. Die Zeit der Kampfhunde. Und vielleicht, dachte er, auch die Zeit der Drohnenschwärme.

"Bereit?", fragte der Lange.

Er nickte. "Bereit."

Gemeinsam kletterten sie aus dem Graben, duckten sich niedrig und bewegten sich in Richtung des Waldes, aus dem das mysteriöse Summen gekommen war.

Das Feld

Sie verließen die Stellung, bewegten sich in geduckter Haltung durch das verbrannte Unterholz. Die sinkende Sonne tauchte die Landschaft in ein trügerisches goldenes Licht, das die Verwüstung fast malerisch erscheinen ließ. Verkrüppelte Bäume warfen lange Schatten. In einer Stunde würde es dunkel sein.

Der Lange ging voran, sein hagerer Körper bewegte sich mit überraschender Geschmeidigkeit durch das Gelände. Er war früher Jäger gewesen, bevor der Krieg kam, und seine Erfahrung zeigte sich in der Art, wie er seine Füße setzte, wie er die Umgebung scannte, wie er instinktiv Deckung suchte.

Er selbst ging etwas langsamer, sicherte nach hinten. Die Schrotflinte fühlte sich schwer in seinen Händen an, ein vertrautes Gewicht, das ihm ein trügerisches Gefühl der Sicherheit gab. Seine Erschöpfung hatte er in den hintersten Winkel seines Bewusstseins verbannt. Es gab keine Zeit für Schwäche.

"Du bist zu schnell", raunte er dem Langen zu. "Wir sollten vorsichtiger sein."

Der Lange warf ihm über die Schulter einen ungeduldigen Blick zu. "Wir haben nicht viel Zeit. Die Sonne geht bald unter."

Sie bewegten sich weiter, folgten dem schwachen Pfad, der tiefer in den Wald führte. Das Unterholz wurde dichter, die Bäume standen enger beieinander. Die letzten Sonnenstrahlen durchbrachen kaum noch das Blätterdach.

Nach etwa zehn Minuten hob der Lange plötzlich die Hand – das universelle Zeichen für "Halt". Er erstarrte sofort, ging in die Hocke, spähte durch die Bäume.

Der Lange deutete nach vorne, wo sich eine kleine Lichtung öffnete. Ein seltsames Schimmern lag über dem Boden dort, als wäre er mit Tau bedeckt, obwohl es seit Tagen nicht geregnet hatte.

Sie bewegten sich nun langsamer, vorsichtiger. Mit jedem Schritt wurde das Schimmern deutlicher. Als sie den Rand der Lichtung erreichten, erkannte er, was es war.

Drohnen. Dutzende von ihnen. Kleine, flache, ovale Objekte, nicht größer als seine Hand, lagen in regelmäßigen Abständen von zwei bis drei Metern auf dem Boden verteilt. Sie waren fast schwarz, mit einem leichten metallischen Glanz, der das Abendlicht reflektierte. Jede Drohne schien mit einem hauchdünnen Faden verbunden zu sein, der sich im Gras verlor.

Der Anblick ließ ihn erstarren. Es erinnerte ihn an ein Minenfeld – präzise platzierte Todeswerkzeuge, die geduldig auf ihre Opfer warteten.

"Siehst du das?", flüsterte der Lange, seine Stimme kaum hörbar, aber voller aufgeregter Neugier. "Das müssen ihre Landeplätze sein. Ihre Ruheplätze."

Er antwortete nicht, ein ungutes Gefühl breitete sich in seiner Magengegend aus. Etwas stimmte hier nicht. Wenn dies wirklich Drohnen waren, warum lagen sie so offen da? Warum waren sie nicht versteckt, geschützt?

Der Lange schien keine solchen Bedenken zu haben. Mit einer Entschlossenheit, die an Leichtsinn grenzte, trat er auf die Lichtung hinaus, bewegte sich zwischen den regungslosen Drohnen hindurch.

"Warte!", zischte er, aber es war zu spät.

Der Lange war bereits fünf Meter in das Feld hineingelaufen, bückte sich, um eine der Drohnen näher zu betrachten. "Sie sehen aus wie schlafend", rief er zurück, seine Stimme nun lauter, als wäre alle Vorsicht vergessen. "Wahrscheinlich laden sie ihre Akkus auf über diese Fäden. Wie ein elektrisches Feld oder—"

Die Veränderung kam so plötzlich, dass sein Gehirn Mühe hatte, sie zu verarbeiten. Ein kaum hörbares Summen erhob sich, als würden Dutzende winziger Motoren gleichzeitig anlaufen. Die Drohnen, eben noch regungslos am Boden, erwachten zum Leben.

Es passierte mit erschreckender Geschwindigkeit. Zehn der Drohnen erhoben sich wie ein einziger Organismus, stiegen in perfekter Synchronisation etwa einen Meter in die Luft. Dann stürzten sie sich auf den Langen.

Der Schrei des Mannes durchschnitt die Abendluft, ein Laut reinen Entsetzens. Die Drohnen umkreisten ihn wie ein Schwarm hungriger Piranhas, jede einzelne mit tödlicher Präzision zuschlagend. Sie kamen nicht einfach in Kontakt mit ihm – sie explodierten, kleine, präzise Detonationen, die jedes Mal Fleisch und Uniform mit sich rissen.

Ein Stück Schulter. Ein Teil des Arms. Eine Portion Oberschenkel. Jede Drohne schien ein spezifisches Ziel anzuvisieren, als wollten sie ihn Stück für Stück demontieren, ohne ihn sofort zu töten.

Der Lange taumelte, fiel auf die Knie, versuchte verzweifelt, die winzigen Angreifer abzuwehren. Seine Arme schlugen wild um sich, trafen nichts als Luft. Die Drohnen waren zu schnell, zu wendig.

Er stand wie erstarrt am Rand des Feldes, unfähig zu begreifen, was er sah. Dann bemerkte er Bewegung zu seiner Rechten. Weitere Drohnen erhoben sich, diesmal in seine Richtung.

Instinkt übernahm. Die Schrotflinte fuhr hoch, das Visier fand das erste Ziel – eine der Drohnen, die sich näherte. Er drückte ab. Der Rückstoß riss an seiner Schulter, das Krachen des Schusses hallte durch den Wald.

Die Drohne zersplitterte mitten in der Luft, Metallstücke und elektronische Komponenten regneten zu Boden. Sofort schwenkte er zur nächsten, feuerte erneut. Wieder ein Treffer. Die Drohne explodierte in einer Wolke aus Funken und Rauch.

Zwei weitere kamen von links. Er wirbelte herum, drückte den Abzug zweimal in schneller Folge. Eine wurde getroffen, stürzte zu Boden. Die andere wich aus, kam näher. Er schoss ein drittes Mal, erwischte sie knapp, genug, um sie zum Absturz zu bringen.

Die kleine Maschine schlug nur zwei Meter von ihm entfernt auf. Sie war beschädigt, aber nicht zerstört. Kleine Propeller drehten sich noch, als versuchte sie, wieder aufzusteigen. Er trat schnell näher, zielte und feuerte ein letztes Mal. Die Drohne zersplitterte unter dem direkten Treffer.

Mit mechanischer Präzision repetierte er die Waffe, lud nach. Sechs Patronen im Magazin, eine in der Kammer. Sieben Schuss.

Ein gurgelndes Stöhnen lenkte seine Aufmerksamkeit zurück zum Langen. Der Mann lag jetzt am Boden, umgeben von einem wachsenden Blutfleck. Die Drohnen schienen ihn verlassen zu haben, schwärmten nun in verschiedene Richtungen aus, einige zurück zum Boden, andere in den Himmel.

Er wollte zu ihm laufen, ihm helfen, aber eine neue Welle von Drohnen erhob sich zwischen ihnen. Fünf, sechs, sieben Stück, alle auf ihn ausgerichtet.

Er feuerte wieder, methodisch, präzise. Die erste Drohne explodierte. Die zweite. Die dritte wich seinem Schuss aus, kam näher. Er feuerte erneut, traf sie am Rand, genug, um sie zum Trudeln zu bringen. Ein weiterer Schuss erledigte sie endgültig.

Die Waffe klickte leer. Er griff in seine Tasche, zog drei Patronen heraus, lud nach. Seine Finger bewegten sich automatisch, ein Ergebnis jahrelanger Übung. Einlegen. Repetieren. Zielen. Feuern.

Zwei weitere Drohnen fielen. Eine kroch noch am Boden, versuchte, sich in seine Richtung zu bewegen. Er ignorierte sie. Sie war zu langsam, um eine unmittelbare Bedrohung darzustellen.

Er scannte die Umgebung. Keine weiteren Angreifer in Sicht. Einige Drohnen lagen regungslos am Boden, offenbar zu schwach, um sich zu erheben. Andere schienen zurück in ihre Ausgangspositionen zu driften, landeten sanft im Gras.

Mit erhobener Waffe bewegte er sich vorsichtig zum Langen. Was er sah, ließ ihn würgen.

Der Mann war kaum noch als menschliche Gestalt erkennbar. Die Drohnen hatten systematisch Stücke aus seinem Körper gerissen, präzise, gezielte Angriffe, die maximalen Schaden verursachten, ohne sofort zu töten. Seine Uniform hing in Fetzen, durchnässt von Blut und anderen Körperflüssigkeiten. Ein Arm fehlte fast vollständig. Der Brustkorb war ein offenes Chaos aus Fleisch und zersplitterten Rippen.

Und doch lebte er noch. Schwache, gurgelnde Atemzüge bewegten das, was von seiner Brust übrig war. Ein Auge, seltsam unversehrt in dem verwüsteten Gesicht, fixierte ihn mit einem Blick von solcher Qual, dass er unwillkürlich zurückwich.

"H-hil...", der Versuch zu sprechen endete in einem feuchten Husten. Blut sprudelte aus dem Mund des Langen, rann über sein zerfetztes Kinn.

Er kniete sich neben ihn, legte die Schrotflinte beiseite, wusste nicht, wo er den Mann berühren sollte, ohne weitere Schmerzen zu verursachen. Überall klafften Wunden, pumpte Blut aus zerrissenen Gefäßen.

"Ich hole Hilfe", sagte er, obwohl er wusste, dass es eine Lüge war. Niemand könnte dem Langen mehr helfen. Kein Sanitäter der Welt könnte das wieder zusammenflicken, was die Drohnen zerstört hatten.

Das einzelne Auge des Langen blinzelte mühsam, als versuchte er, die Lüge zu akzeptieren. Seine Lippen bewegten sich wieder, formten Worte ohne Ton. Dann erschlaffte sein Körper mit einem letzten, feuchten Seufzen.

Er blieb neben der Leiche knien, unfähig, sich zu bewegen. Der Anblick hatte sich in sein Gehirn gebrannt, würde ihn in seinen Träumen verfolgen, wenn er je wieder schlafen könnte.

Ein leises Summen ließ ihn aufschrecken. Eine der Drohnen, die er für inaktiv gehalten hatte, bewegte sich wieder, erhob sich langsam, mühsam vom Boden. Er griff nach seiner Waffe, zielte, drückte ab.

Nichts. Die Waffe war leer. Er hatte seine letzte Patrone verschossen, ohne es zu merken.

Die Drohne schwebte nun auf Augenhöhe, etwa fünf Meter entfernt. Sie machte keine Anstalten anzugreifen, schien ihn nur zu beobachten. Ein kleines rotes Licht an ihrer Unterseite blinkte rhythmisch, als würde sie Daten senden oder empfangen.

Mit zitternden Händen griff er in seine Tasche, suchte nach weiterer Munition. Seine Finger fanden eine einzelne Patrone, die letzte. Er lud sie mit mechanischer Präzision, repetierte die Waffe.

Die Drohne hing immer noch in der Luft, regungslos bis auf das blinkende Licht. Beobachtete sie ihn? Analysierte sie ihn? War sie zu schwach, um anzugreifen, oder wartete sie auf etwas?

Er zielte sorgfältig, wollte die letzte Patrone nicht verschwenden. Der Schuss hallte durch die Lichtung, und die Drohne zersplitterte in einem Regen aus Metallteilen und elektronischen Komponenten.

Stille kehrte ein, nur unterbrochen vom leisen Rauschen des Windes in den Bäumen und dem langsam verklingenden Echo des Schusses.

Er stand auf, die nun endgültig leere Waffe fest umklammert. Der Körper des Langen lag zu seinen Füßen, eine groteske Skulptur aus Fleisch und Blut. Er konnte ihn nicht hier lassen. Aber er konnte ihn auch nicht mitnehmen, nicht allein, nicht ohne Hilfe.

Ein Blick zur Sonne zeigte ihm, dass er nicht mehr viel Tageslicht hatte. Vielleicht eine halbe Stunde, bevor die Dämmerung einsetzte. Die Frontlinie war nicht weit, vielleicht fünfzehn Minuten in schnellem Tempo.

Er traf eine Entscheidung. Er würde zurückkehren, Hilfe holen, dann wiederkommen, um den Körper des Langen zu bergen. So viel war er dem Mann schuldig.

Bevor er ging, kniete er sich noch einmal nieder, schloss das offene Auge des Toten. Es war eine kleine Geste, bedeutungslos angesichts der Verwüstung um ihn herum, aber es fühlte sich richtig an. Ein letzter Respekt.

Dann stand er auf, schulterte die nutzlose Flinte und begann seinen Rückweg. Er bewegte sich vorsichtig, die Augen ständig in Bewegung, suchte nach weiteren Drohnen. Das Feld lag nun still vor ihm, die überlebenden Drohnen schienen in einen Ruhezustand zurückgekehrt zu sein. Die Fäden, die er zuvor bemerkt hatte, waren deutlicher sichtbar – feine Kabel. Wie Stolperdrähte, die sie warnten.

Er umrundete das Feld weiträumig, wollte kein Risiko eingehen. Die Vorstellung, wie der Lange unter dem koordinierten Angriff zusammenbrach, das Fleisch systematisch aus seinem Körper gerissen, war zu frisch in seinem Gedächtnis.

Als er den Waldrand erreichte, warf er einen letzten Blick zurück. Die Lichtung lag friedlich im letzten Sonnenlicht, die Drohnen kaum sichtbare dunkle Flecken im hohen Gras. Nur der zertrümmerte Körper des Langen, eine unförmige Masse in der Mitte des Feldes, zeugte von dem Horror, der sich dort abgespielt hatte.

Er wandte sich ab und begann zu laufen. Zurück zum Unterstand. Zurück zu den anderen. Zurück in die relative Sicherheit der Schützengräben.

Das Bild des sterbenden Langen verfolgte ihn bei jedem Schritt. Das gurgelnde Atmen. Das verzweifelte Flehen in seinem einzelnen, unversehrten Auge. Der letzte Seufzer, als das Leben aus ihm wich.

Und vor allem die Erkenntnis, dass der Feind, dem sie gegenüberstanden, kein Feind war, den man verstehen oder mit dem man verhandeln konnte. Es war ein kalter, berechnender Mechanismus, der tötete ohne Hass, ohne Leidenschaft, ohne Reue.

Die Rückkehr

Die Dämmerung war fast vollständig hereingebrochen, als er den Unterstand erreichte. Sein Atem ging in raschen, flachen Stößen, seine Lunge brannte von der Anstrengung des schnellen Laufs. Die nutzlose Schrotflinte schlug gegen seine Seite, ein ständiger Rhythmus, der seine hastigen Schritte begleitete.

"Halt! Wer da?", rief eine angespannte Stimme aus dem Schützengraben.

"Ich bin's", keuchte er, hob die Hände, um zu zeigen, dass keine Gefahr von ihm ausging.

Der Brillenträger tauchte am Rand des Grabens auf, das Gewehr im Anschlag, die Brille seltsam verrutscht auf seiner Nase. Als er ihn erkannte, senkte er die Waffe.

"Wo ist der Lange?", fragte er sofort, sein Blick suchte die Dunkelheit hinter ihm ab.

Er schüttelte nur den Kopf, unfähig zu sprechen. Die Erschöpfung und das Grauen dessen, was er gesehen hatte, schnürten ihm die Kehle zu.

Der Brillenträger verstand sofort. Sein Gesicht wurde bleich. "Komm rein", sagte er leise und trat zur Seite, um ihn durchzulassen.

Er rutschte in den Graben, seine Beine gaben beinahe nach, als er den sicheren Boden erreichte. Der Alte und der Stille waren ebenfalls da, ihre Gesichter angespannt, fragend.

"Was ist passiert?", fragte der Alte, seine Stimme ruhig, aber mit einem Unterton von Dringlichkeit. "Wo ist der Lange?"

Er sank auf eine Holzkiste, die als behelfsmäßiger Sitz diente. Seine Hände zitterten, als er die Schrotflinte ablegte. Sie war nutzlos, leer, nur noch ein Stück Metall und Holz.

"Drohnen", brachte er schließlich heraus. Das Wort kam heiser, kaum mehr als ein Flüstern.

Die drei Männer tauschten Blicke aus. Der Stille machte eine rasche Handbewegung – eine Frage. Wo?

"In einer Lichtung, etwa fünfzehn Minuten von hier", sagte er, seine Stimme fester werdend, als er sich zwang, die Ereignisse in Worte zu fassen. "Es waren Dutzende von ihnen. Klein, oval, metallisch. Sie lagen am Boden, verbunden mit dünnen Kabeln."

Der Brillenträger rückte seine Brille zurecht, eine nervöse Geste.

"Der Lange... er ist mitten in das Feld hineingelaufen." Die Erinnerung überflutete ihn, ließ seine Stimme stocken. "Sie waren wie tot, regungslos. Bis er zu nahe kam."

Der Alte setzte sich neben ihn, legte kurz eine Hand auf seine Schulter. Eine stille Aufforderung, fortzufahren.

"Sie erwachten alle gleichzeitig. Zehn, vielleicht mehr, stürzten sich auf ihn." Er schluckte schwer, das Bild des zerfetzten Körpers lebhaft vor seinem geistigen Auge. "Sie haben ihn nicht einfach angegriffen. Sie haben ihn in Stücke gerissen. Stück für Stück. Als wäre er... als wäre er ein Versuchsobjekt, das sie sezieren wollten."

Der Stille schloss die Augen, seine Hände bewegten sich in einer kleinen, beschwörenden Geste – ein Gebet vielleicht, oder ein Fluch.

"Weitere griffen mich an", fuhr er fort. "Ich habe geschossen, so viele wie möglich abgewehrt. Aber die Munition..." Er deutete auf die leere Waffe. "Alle Patronen verbraucht."

"Und der Lange?", fragte der Brillenträger leise.

"Tot." Ein einziges, hartes Wort. "Ich konnte ihn nicht mitnehmen. Nicht so, wie er..." Er brach ab, unfähig, die grausigen Details zu beschreiben.

Eine schwere Stille senkte sich über den Graben. Der Alte blickte zu Boden, sein wettergegerbtes Gesicht hart im schwachen Licht der Taschenlampe.

"Wir müssen ihn holen.", sagte der Brillenträger schließlich. "Wir können ihn nicht dort draußen lassen."

"Nicht jetzt", entgegnete der Alte sofort. "Nicht in der Dunkelheit. Das wäre Selbstmord."

Der Brillenträger schien widersprechen zu wollen, besann sich dann aber eines Besseren. "Morgen früh dann. Bei Tageslicht."

Der Stille machte eine weitere Handbewegung, dann tippte er auf seine Brust, wo normalerweise ein Erkennungsmarke hing.

"Er hat Recht", übersetzte der Brillenträger. "Wir brauchen zumindest seine Erkennungsmarke. Für die Meldung."

"Wir sollten das Feld markieren", sagte er plötzlich. Die Idee formte sich, während er sprach. "Mit Leuchtfarbe oder so etwas. Als Warnung für andere Patrouillen."

Der Alte nickte langsam. "Wir müssen es melden. An den

Hauptmann. An das Hauptquartier. Wenn wir wissen, wo diese Dinger liegen, können wir sie vielleicht ausschalten."

"Der Funk ist tot", erinnerte der Alte.

"Dann schicken wir einen Boten. Sobald es hell wird."

Sie diskutierten weiter, planten den morgigen Tag, die Bergung des Langen, die Markierung des Feldes, die Meldung an das Hauptquartier. Die vertraute Routine militärischer Planung half ihnen, das Grauen für einen Moment beiseite zu schieben, sich auf das Praktische zu konzentrieren.

Er hörte zu, nickte an den richtigen Stellen, aber ein Teil von ihm war noch immer auf der Lichtung, bei dem zerfetzten Körper des Langen, bei den geduldig wartenden Drohnen.

Der Stille berührte plötzlich seinen Arm, reichte ihm eine Feldflasche. Er nahm sie dankbar an, trank einen tiefen Schluck. Kein Wasser diesmal. Schnaps. Der scharfe Alkohol brannte in seiner Kehle, verbreitete eine flüchtige Wärme in seinem Magen.

"Wir sollten die Wachen verstärken", sagte der Alte schließlich. "Falls die Drohnen mobil werden, falls sie uns hierher folgen."

"Ich glaube nicht, dass sie das tun", sagte er langsam. "Sie sind an den Ort gebunden. Ein vernetztes Minenfeld."

Der Stille machte eine weitere Handbewegung, diese komplexer, länger. Der Brillenträger übersetzte nicht sofort, schien über die Bedeutung nachzudenken.

"Was sagt er?", fragte der Alte ungeduldig.

"Er sagt, dass wir vielleicht nicht die einzigen sind, die eines gefunden haben", sagte der Brillenträger schließlich. "Dass es vielleicht viele solcher Felder gibt. Überall um uns herum. Wartend."

Die Vorstellung ließ einen kalten Schauer über seinen Rücken laufen. Winzige, geduldige Todesfallen, strategisch platziert, um jeden zu erwischen, der unvorsichtig genug war, sich ihnen zu nähern.

"Er könnte Recht haben", sagte er leise. "Die Drohnen schienen...

intelligent. Koordiniert."

Der Alte stand auf, sein Gesicht hart im schwachen Licht. "Wir sollten uns ausruhen. Morgen wird ein langer Tag. Wir haben viel zu tun."

Sie verteilten die Wachen neu, drei Stunden für jeden, immer zu zweit. Die Schrotflinte nahm er mit in seinen Unterstand, obwohl sie nutzlos war ohne Munition. Ein Gewohnheitsreflex.

Bevor er sich zum Schlafen niederlegte, holte er den halbfertigen Brief aus seiner Tasche. "Liebe Lena, liebe Sofia" – die einzigen Worte, die er geschafft hatte. Der Rest des Papiers war leer, wartete immer noch auf Worte, die nicht kommen wollten.

Er faltete den Brief wieder zusammen, steckte ihn zurück in seine Tasche. Was sollte er schreiben? Dass er gesehen hatte, wie ein Kamerad von Maschinen in Stücke gerissen wurde? Dass er selbst nur durch Glück überlebt hatte? Dass die Frontlinie möglicherweise von unsichtbaren Todesfeldern umgeben war?

Nein. Der Brief würde warten müssen. Vielleicht für immer.

Er legte sich auf seine Isomatte, zog den dünnen Schlafsack über sich. Die Erschöpfung des Tages machte sich nun mit voller Wucht bemerkbar, ließ seine Glieder bleischwer werden, seinen Geist abschweifen.

Doch bevor der Schlaf ihn übermannte, hörte er es wieder. Das leise, unheimliche Summen, das von überall und nirgendwo zu kommen schien. Das Geräusch der Drohnen, die irgendwo da draußen warteten, beobachteten, planten.

Es könnte Einbildung sein. Ein Echo des Traumas, das er erlebt hatte. Oder es könnte real sein. In diesem Krieg war es oft unmöglich, zwischen Paranoia und berechtigter Furcht zu unterscheiden.

Er schloss die Augen, versuchte, das Geräusch auszublenden, sich auf seinen eigenen Atem zu konzentrieren. Morgen würden sie das Feld markieren. Den Körper des Langen bergen.

Walkürenritt

Er schreckte aus dem Schlaf. Eine Hand rüttelte grob an seiner Schulter.

"Wach auf!", zischte der Brillenträger, seine Stimme ein angespanntes Flüstern. "Hörst du das?"

Er blinzelte in die Dunkelheit, sein Bewusstsein kämpfte sich durch die Schichten des Schlafes. Wie lange hatte er geschlafen? Zehn Minuten? Eine Stunde? Sein Zeitgefühl war vollständig verloren gegangen.

Dann hörte er es. Ein tiefes, fernes Grollen, das vom Wind über die Ebene getragen wurde. Ein Geräusch, das er kannte. Das sie alle kannten.

Panzer.

Der Angriff

Er war sofort hellwach, griff automatisch nach seiner Schrotflinte, erinnerte sich dann, dass sie leer war, nutzlos.

"Wie viele?", fragte er, während er seine Stiefel anzog, die er zum Schlafen nicht ausgezogen hatte – eine Angewohnheit, die ihm schon mehrmals das Leben gerettet hatte.

"Schwer zu sagen", antwortete der Brillenträger und rückte nervös seine Brille zurecht. "Klingt nach einem ganzen Bataillon."

Sie krochen aus dem Unterstand, in den Hauptgraben, wo der Alte und der Stille bereits warteten. Beide hatten ihre Waffen in Anschlag genommen, starrten in die Dunkelheit jenseits der Frontlinie.

Das Grollen wurde lauter, deutlicher. Es war ein unverwechselbares Geräusch – das metallische Rasseln von Kettenfahrzeugen, das tiefe Brummen schwerer Dieselmotoren. Viele davon.

"Da drüben", sagte der Alte und deutete nach Osten, wo die ersten grauen Streifen der Morgendämmerung am Horizont erschienen. "Sieht aus wie ein Wald, der sich bewegt."

Er folgte der Geste, spähte angestrengt in die Dunkelheit. Tatsächlich – was im schwachen Licht wie eine Baumreihe aussah, bewegte sich langsam, aber stetig auf ihre Position zu.

"Die verkleideten Panzer", murmelte der Brillenträger. "Die Falschbäume."

Sie hatten davon gehört. Eine Taktik, die beide Seiten in diesem Krieg nutzten. Panzer, die mit Baumstämmen oder ganzen Bäumen behangen waren, um ihre Silhouette zu verändern. Oder in Holzhütten versteckt, wie riesige Trojaner. Eine Anpassung an die allgegenwärtigen Drohnen und präzisionsgelenkten Panzerabwehrraketen, die auf klare Zielumrisse angewiesen waren.

"Wie bei Hamlet", flüsterte der Brillenträger, mehr zu sich selbst als zu den anderen. "Der Wald von Birnam kommt nach Dunsinane."

Shakespeare, inmitten des Krieges. Der Mann blieb seinem akademischen Hintergrund treu, selbst angesichts des nahenden Todes.

Der Stille machte eine schnelle Handbewegung, deutete nach oben.

Ein leises, vertrautes Summen drang an sein Ohr. Über ihnen, hoch am dunklen Himmel, flogen mehrere Aufklärungsdrohnen. Ihre eigenen. Die winzigen Navigationslichter blinkten kaum sichtbar wie ferne Sterne.

"Die haben sie schon entdeckt", sagte der Alte, ein grimmiges Lächeln auf seinem wettergegerbten Gesicht. "Jetzt kommt's."

Fast als Antwort auf seine Worte ertönte ein fernes Donnern. Nicht das metallische Rasseln der Panzer. Ein tieferes, wuchtigeres Geräusch. Artillerie. Ihre eigene.

"In Deckung", befahl der Alte. "Sofort."

Sie zogen sich in ihre Unterstände zurück, kauerten sich zusammen, warteten. Das Grollen der Panzer wurde lauter, bedrohlicher. Sie kamen näher. Zu nah.

Dann begann es. Ein fernes Pfeifen in der Luft, das schnell lauter wurde, anschwoll zu einem heulenden Kreischen. Das Geräusch von Artilleriegranaten, die durch die Atmosphäre schnitten.

Die ersten Einschläge kamen mit einem ohrenbetäubenden Krachen. Er spürte, wie der Boden unter ihm bebte, wie die Luft um ihn herum komprimiert wurde, dann explosionsartig expandierte. Erde,

Splitter und Trümmer regneten auf das Dach seines Unterstands, brachten es zum Ächzen.

Eine zweite Salve folgte, näher diesmal. Die Luft füllte sich mit aufgewirbeltem Staub und beißendem Rauch. Es war unmöglich zu atmen, ohne zu husten. Seine Augen tränten, seine Lunge brannte.

Dann eine dritte Salve, noch näher. Die Explosionen schienen direkt über seinem Kopf stattzufinden. Das Dach seines Unterstands bog sich, Erde rieselte durch die Ritzen. Er presste sich flach gegen den Boden, machte sich so klein wie möglich, als könnte er dadurch den Tod abwehren.

Das Artilleriefeuer ging weiter, Salve um Salve. Ein Trommelfeuer, das die Welt um ihn herum in ein Inferno aus Lärm, Rauch und Feuer verwandelte. Es war unmöglich zu denken, zu planen, zu handeln. Er konnte nur liegen, atmen, hoffen.

Nach einer Ewigkeit verebbte der Beschuss. Der letzte Einschlag verhallte, das Echo der Explosion rollte über das verwüstete Land, stieß gegen ferne Hügel, kam als gedämpftes Grollen zurück.

Stille. Eine unheimliche, dünne Stille, durchbrochen nur vom Knistern brennenden Holzes irgendwo in der Nähe und dem fernen, metallischen Klirren der Panzer.

Er wagte es, den Kopf zu heben, durch einen Spalt in der Wand seines Unterstands zu spähen. Die Landschaft vor ihm war nicht wiederzuerkennen. Wo einst eine sanft gewellte Ebene mit vereinzelten Bäumen und Büschen lag, erstreckte sich nun eine Mondlandschaft aus Kratern, aufgewühlter Erde und brennenden Stümpfen.

Und doch – trotz des verheerenden Artilleriefeuers – bewegte sich der "Wald" weiter auf sie zu. Langsamer vielleicht, einige "Bäume" fehlten, aber die Hauptmacht kam weiter.

Er kroch aus seinem Unterstand, zurück in den Hauptgraben, wo die anderen sich bereits sammelten. Ihre Gesichter waren maskenhafte Abbilder von Erschöpfung und Angst, grau vom Staub, gezeichnet von zuckenden Muskeln und weit aufgerissenen Augen.

"Die Artillerie hat sie nicht gestoppt", sagte der Alte, sein Ton so

flach, als spräche er über das Wetter. "Sie kommen weiter."
Der Brillenträger hatte eines der wenigen funktionierenden Ferngläser am Auge. "Da stimmt etwas nicht", murmelte er. "Die Panzer... sie sind zu klein."

"Zu klein?", fragte er ungläubig. "Was meinst du mit 'zu klein'?"

"Keine Kampfpanzer. Sie sind viel kleiner. Fast wie... wie Spielzeugpanzer."

Der Stille machte eine rasche Bewegung, deutete auf eine Veränderung am östlichen Horizont, wo der nahende Morgen das Schlachtfeld in ein fahles, graues Licht tauchte.

Eine neue Formation hatte sich von den Panzern gelöst. Kleinere, schnellere Objekte, die sich mit erschreckender Geschwindigkeit auf ihre Position zubewegten. Sie bewegten sich nicht in geraden Linien, sondern in unregelmäßigen Mustern, schwärmten aus wie Jäger auf der Suche nach Beute.

"Das sind keine Panzer", sagte der Alte, seine Stimme nun doch von einem Hauch Furcht gefärbt. "Das sind Kampfroboter."

Die Worte trafen ihn wie ein physischer Schlag. Kampfroboter. Er hatte davon gehört, hatte Gerüchte vernommen, Spekulationen, Berichte von anderen Frontabschnitten. Aber er hatte sie nie gesehen. Niemand, den er kannte, hatte sie gesehen.

Bis jetzt.

"Wie viele?", fragte er, seine Stimme ein heiseres Krächzen.

Der Brillenträger starrte weiter durch das Fernglas, zählte stumm. "Zwanzig", sagte er schließlich. "Zwei Züge, zehn in jedem. Sie kommen von zwei Seiten."

Der Himmel über ihnen füllte sich wieder mit dem Summen von Drohnen – ihre eigenen Aufklärungsdrohnen, die den Feind beobachteten, Daten sammelten, Koordinaten übermittelten. Sie konnten nur hoffen, dass die Artillerie rechtzeitig reagieren würde.

Ein ohrenbetäubendes Krachen unterbrach seine Gedanken. Eine Granate, abgefeuert von einem der Kampfroboter, schlug in den Rand des Grabens ein, nur wenige Meter von ihrer Position entfernt. Erde, Steine und Splitter regneten auf sie herab.

"In Deckung!", brüllte jemand.

Sie warfen sich zu Boden, pressten sich gegen die Erde, als könnte sie ihnen Schutz bieten. Eine zweite Explosion folgte, näher diesmal. Dann eine dritte. Eine vierte.

Der Beschuss intensivierte sich, wurde zu einem kontinuierlichen Trommelfeuer aus Explosionen, die ihren Graben systematisch zu zerstören schienen.

Er spähte über den Rand, sah die Kampfroboter in voller Aktion. Sie waren etwa so groß wie kleine Autos, gepanzerte Plattformen auf Ketten, jede ausgestattet mit einer Maschinenkanone und einem Granatwerfer. Sie bewegten sich mit einer Geschwindigkeit und Agilität, die kein bemanntes Fahrzeug erreichen konnte, wechselten ständig ihre Position, machten es unmöglich, sie zu treffen.

Und sie waren koordiniert. Perfekt koordiniert. Wie eine einzige Entität mit zwanzig Körpern. Einige feuerten ihre Maschinenkanone, um sie in Deckung zu halten, während andere ihre Granatwerfer einsetzten, um ihre Gräben systematisch zu zerstören.

Verglichen mit diesem koordinierten Angriff war das Drohnenfeld, das den Langen getötet hatte, ein Kinderspiel gewesen. Eine primitive Falle neben dieser hochentwickelten Tötungsmaschine.

Er griff nach seinem Gewehr, wusste bereits, dass es nutzlos war. Was sollte ein einzelnes Sturmgewehr gegen zwanzig gepanzerte Kampfroboter ausrichten? Es war, als würde man mit einem Zahnstocher gegen einen Panzer antreten.

Der Stille neben ihm hatte einen Raketenwerfer hervorgezogen, das einzige schwere Waffensystem, das sie in ihrem Abschnitt hatten. Er legte an, zielte auf einen der näher kommenden Roboter, drückte ab.

Die Rakete zischte durch die Luft, schlug in den Roboter ein. Eine Explosion, ein kurzes Aufleuchten. Rauch verzog sich. Der Roboter stand, bewegte sich nicht mehr. Er feuerte immer noch. Die Kette hatte den Treffer abbekommen.

"Sie sind zu stark gepanzert!", rief der Brillenträger. "Wir brauchen etwas Schwereres!"

Aber es gab nichts Schwereres. Nicht hier. Nicht in diesem vergessenen Abschnitt, der seit Monaten ohne angemessene Unterstützung auskommen musste.

Die Kampfroboter kamen näher, jetzt nur noch hundert Meter entfernt. Ihre Maschinenkanonen fegten über den Rand des Grabens, zwangen sie, den Kopf einzuziehen. Das Pfeifen der Projektile über ihnen war wie das wütende Summen eines gigantischen Hornissenschwarms.

"Wir müssen weg!", rief der Alte. "Sofort!"

Es war keine Feigheit. Es war Überleben. Sie konnten hier nichts ausrichten, konnten diesem Angriff nichts entgegensetzen.

Sie begannen, sich durch den Graben zurückzuziehen, gebückt laufend, immer in Deckung bleibend. Die Explosionen der Granaten verfolgten sie, schienen ihre Bewegungen vorherzusehen, schlugen immer wieder in ihre Nähe ein.

Der Lärm war betäubend. Das Krachen der Explosionen, das Rattern der Kanonen, das metallische Klirren der sich nähernden Kettenlaufwerke verschmolz zu einer Symphonie der Zerstörung.

Und plötzlich, inmitten des Chaos, meinte er, Musik zu hören. Eine tief in seinem Gedächtnis verankerte Melodie. Dramatisch. Bedrohlich. Triumphal.

Wagner. Der Walkürenritt.

Eine Halluzination, ausgelöst durch Stress und Erschöpfung? Oder eine Erinnerung an einen Film, den er vor langer Zeit gesehen hatte? "Apocalypse Now". Hubschrauber, die zu dieser Musik über ein vietnamesisches Dorf flogen, Tod und Zerstörung regnen ließen.

Die Bilder vermischten sich in seinem Kopf. Die Hubschrauber im Film. Die Kampfroboter hier. Die Musik. Der Lärm. Die Angst.

Eine Explosion, näher als alle zuvor, riss ihn aus seinen Gedanken. Er wurde von der Druckwelle erfasst, durch die Luft geschleudert wie eine Puppe. Der Aufprall presste die Luft aus seinen Lungen, ließ seinen Kopf gegen etwas Hartes schlagen.

Die Welt versank in Dunkelheit, dann kehrte sie zurück, fragmentiert, verzerrt. Er lag auf dem Rücken, starrte in den grauen

Morgenhimmel. Rauch zog in Schwaden über ihm hinweg. Die Musik spielte immer noch in seinem Kopf, ein grotesker Soundtrack zu dem Inferno um ihn herum.

Er versuchte aufzustehen, fiel zurück. Sein Gleichgewicht war gestört, sein Kopf schwamm. Mit zitternden Händen tastete er nach Verletzungen, fand Blut an seiner Stirn, an seinem Ohr.

Maschinen

Der Brillenträger tauchte in seinem Blickfeld auf, packte seinen Arm, zog ihn hoch. Seine Lippen bewegten sich, formten Worte, aber kein Ton drang durch das Klingeln in seinen Ohren.

Er ließ sich mitziehen, stolperte vorwärts, fiel fast, rappelte sich wieder auf. Der Graben um sie herum wurde schmaler, weniger befestigt. Sie näherten sich dem Ende der Verteidigungslinie, dem Punkt, wo der ausgebaute Schützengraben in einen notdürftig ausgehobenen Verbindungsgraben überging.

Der Stille war nirgends zu sehen. Verschwunden im Chaos des Rückzugs oder schon tot? Es gab keine Zeit nachzusehen, keine Möglichkeit zu helfen.

Die Kampfroboter waren überall. Ihre metallischen Körper glitten durch die zerstörten Gräben wie Haie durch Wasser. Jede ihrer Bewegungen war präzise, zweckmäßig, tödlich.

Eine Explosion zu seiner Rechten ließ ihn taumeln. Er sah den Brillenträger fallen, sah, wie der Stahlhelm von seinem Kopf geschleudert wurde, wie die Brille in Stücke zerbrach. Ein Augenblick menschlicher Zerbrechlichkeit inmitten des mechanischen Schlachtens.

Er war allein. Der Letzte. Der einzige Überlebende einer Position, die noch vor einer Stunde von fünf Männern besetzt war. Der Lange, zerfetzt von den Drohnen im Wald. Der Alte, von Maschinengewehrfeuer niedergemäht. Der Stille, verschwunden im Chaos. Der Brillenträger, zerschmettert von einer Granate.

Alle tot. Nur er noch übrig.

Er sank auf die Knie, ließ seine nutzlose Waffe fallen. Die Kampfroboter kamen näher, ihr metallisches Rattern erfüllte die Luft, vermischte sich mit dem Dröhnen in seinem Kopf, mit der Wagner-Musik, die immer lauter wurde, immer intensiver.

Der Walkürenritt schwoll an, schien die Realität zu überlagern, die Luft zum Vibrieren zu bringen. Die dramatischen Streicher, die kraftvollen Bläser, die mythischen Walküren, die gefallene Krieger nach Walhalla trugen.

Er fragte sich, ob sie auch ihn holen würden. Ob sein Tod ehrenhaft genug sein würde für die ewigen Hallen.

Ein Kampfroboter glitt über den Rand des Grabens, nur wenige Meter entfernt. Seine Geschütze schwenkten in seine Richtung, fixierten ihn. Das Metall glänzte im frühen Morgenlicht, kalt und unpersönlich wie der Tod selbst.

Die Musik erreichte ihren Höhepunkt, wurde so laut, dass sie alles andere übertönte – das Rattern der Ketten, das Pfeifen der Kugeln, das Krachen der Granaten. Nur die Musik blieb, umhüllte ihn wie eine Decke, hob ihn empor auf ihren kraftvollen Klängen.

Er schloss die Augen, wartete auf den Schmerz, auf die Dunkelheit, auf das Ende.

Aber es kam nicht.

Stattdessen spürte er eine Berührung an seiner Schulter. Sanft, fast zaghaft. Nicht der brutale Einschlag einer Kugel oder die zerfetzende Kraft einer Explosion. Nur eine leichte Berührung.

Er öffnete die Augen.

Das Schlachtfeld war verschwunden.

Der Graben. Die Kampfroboter.

Der Rauch und das Feuer. Alles weg.

Stattdessen saß er in einem gepolsterten Sessel. Um ihn herum Reihen ähnlicher Sessel, alle besetzt mit Menschen in formeller Kleidung. Vor ihm, auf einer hell erleuchteten Bühne, ein Orchester. Und über allem die Musik – Wagners "Ritt der Walküren", gespielt von lebendigen Musikern, nicht mehr nur ein Phantomklang in seinem Kopf.

"Alles in Ordnung mit Ihnen?", flüsterte eine Frau neben ihm, ihre Hand noch immer auf seiner Schulter. "Sie haben gestöhnt."

Er blinzelte verwirrt, versuchte zu verstehen, was geschah. War er tot? War dies irgendeine bizarre Form des Jenseits?

Sein Blick fiel auf das Programmheft in seinem Schoß. "Richard Wagner: Die Walküre, Zweiter Aufzug". Die Staatsoper. Ein ganz normaler Abend im Konzert.

Er sah an sich herunter. Kein Kampfanzug, keine Waffe. Ein Anzug. Polierte Schuhe. Saubere Hände ohne Schmutz und Blut.

Die Realität begann langsam zurückzukehren. Bruchstücke seines tatsächlichen Lebens fügten sich zusammen.

Sein Name. Sein Beruf. Sein Alltag.

Er war kein Soldat.

War es nie gewesen.

Er arbeitete in einer Versicherungsgesellschaft, verbrachte seine Tage mit Akten und Formularen, nicht mit Waffen und Kampfrobotern.

Die letzten Wochen waren anstrengend gewesen. Ein neues Projekt. Überstunden. Zu wenig Schlaf. Der Stress hatte sich aufgebaut, hatte seinen Tribut gefordert.

"Es geht mir gut", flüsterte er der besorgten Frau zu. "Nur kurz eingenickt. Entschuldigung."

Sie nickte, nicht ganz überzeugt, wandte aber ihre Aufmerksamkeit wieder der Bühne zu.

Er tat dasselbe, ließ die kraftvolle Musik über sich hinweg waschen. Der Walkürenritt. Seine Klänge waren vertraut, aber jetzt in einem völlig anderen Kontext. Nicht mehr der Soundtrack zu Tod und Zerstörung, sondern ein Meisterwerk menschlicher Kreativität, aufgeführt in einem friedlichen Saal.

Und doch... der Traum hatte sich so real angefühlt. Der Schlamm.

Der Rauch. Die Angst. Der Tod seiner Kameraden.

Kameraden, die es nie gegeben hatte. Der Alte mit seinem wettergegerbten Gesicht. Der Lange, zerrissen von Drohnen. Der Stille mit seiner Zeichensprache. Der Brillenträger mit seinem Shakespeare-Zitat.

Alles Produkte seiner Fantasie. Oder vielleicht tiefere Archetypen, Manifestationen von Teilen seiner selbst.

Er konzentrierte sich wieder auf die Musik, ließ sich von ihr empor tragen. Die Walküren, die zwischen Schlachtfeldern und Walhalla ritten, die die Toten trugen, die Auserwählten.

Vielleicht verstand er Wagner jetzt besser als je zuvor. Hatte einen Einblick in die Abgründe gewonnen, aus denen solche Musik geboren wurde. Hatte einen Hauch der Gewalt, des Chaos und der Erhabenheit gespürt, die hinter den Noten lagen.

Er lehnte sich in seinem Sessel zurück, entspannte sich zum ersten Mal seit Wochen wirklich. Der Traum verblasste bereits an den Rändern, wurde zu einer verschwommenen Erinnerung, einem flüchtigen Eindruck.

Aber etwas davon würde bleiben. Die Erinnerung an eine andere Realität, eine Welt voll Schrecken und Verzweiflung. Eine Welt, in der Menschen starben für Ziele, die sie nicht verstanden, in Kriegen, die nicht die ihren waren.

Er war dankbar, dass es nur ein Traum gewesen war. Dankbar für die Musik, die ihn zurückgebracht hatte. Dankbar für den gepolsterten Sessel, für die friedliche Umgebung, für die Normalität. Der Walkürenritt erreichte seinen Höhepunkt, die Bläser strahlend, die Streicher wild, der Klang überwältigend in seiner Kraft und Schönheit.

Er schloss die Augen und gab sich der Musik hin. Diesmal ohne Angst, ohne Grauen, ohne den Schatten des Todes. Nur die reine, unverfälschte Erfahrung der Kunst.

Als er die Augen wieder öffnete, war die Musik verklungen, und der Saal brach in tosenden Applaus aus. Er klatschte mit, seine Hände fest zusammenschlagend, als wollte er sich selbst beweisen, dass sie real waren. Dass er real war. Dass all dies real war.

Der Dirigent verbeugte sich, das Orchester erhob sich. Das Leben ging weiter, normal, alltäglich, friedlich.

Er würde morgen wieder zur Arbeit gehen. Würde seine Akten durchsehen, seine E-Mails beantworten, seinen Kaffee trinken. Würde die normalen Frustrationen und kleinen Freuden eines gewöhnlichen Lebens erleben.

Und er würde dankbar sein für jede einzelne langweilige, sichere, friedliche Minute davon.

Nachwort

Warum entstand diese Geschichte?

Der Autor begleitet die Entwicklung der Künstlichen Intelligenz durch eigene Experimente. Im Laufe der Zeit wurden viele Fortschritte erzielt – sowohl bei der Technik selbst als auch im Umgang mit ihr. Das Verständnis wächst, und für viele Situationen lassen sich durch gezielte Gestaltung der Arbeitsabläufe schnelle Resultate und echte Erfolge erzielen.

Zur Technik sei an dieser Stelle nur so viel gesagt: Der Basisprompt, mit dem die Geschichte erstellt wurde, ist als technischer Anhang beigefügt. Für die Recherchen kamen Grok und Perplexity AI zum Einsatz, insbesondere bei der Durchsicht von Netzquellen und YouTube-Inhalten. Die Ergebnisse flossen als militärtechnische Zusatzinformationen in die Prompts ein.

Die Handlung selbst wurde in Stichpunkten skizziert, und der Bot erhielt den Auftrag, einen Text zwischen 800 und 2000 Wörtern zu verfassen. Das Ende wurde oft leicht gekürzt. Wenn der generierte Text nicht passte, folgten gezielte Korrekturanweisungen.

Der Autor erinnert sich in diesem Zusammenhang an einen Film aus seiner Jugend: *„Die drei Tage des Condor"*. In diesem Werk wurden CIA-Mitarbeiter gejagt, deren Aufgabe es war, internationale Literatur auszuwerten – auf der Suche nach Codes, Hinweisen oder Fiktionen, die reale Geheimoperationen widerspiegeln könnten. Was früher von Menschenhand erledigt wurde, übernehmen heute KI-Systeme. Sie analysieren Inhalte, erkennen Muster, ziehen Schlüsse – und das in einer Geschwindigkeit und Tiefe, die früher undenkbar war. Wenn solche Technologien heute öffentlich verfügbar sind, mag man sich kaum vorstellen, über welche Werkzeuge und Möglichkeiten Nachrichtendienste verfügen.

Die Arbeit mit KI setzt eines voraus: die Fähigkeit, die richtigen Fragen zu stellen – und ein Gespür für technische Zusammenhänge. Wer mit der Materie oder angrenzenden Bereichen vertraut ist, hat einen deutlichen Vorteil.

Zum Zeitpunkt des Schreibens diskutiert die Gesellschaft über Wehrdienst, Wehrhaftigkeit und Kriegstüchtigkeit. Die große Frage lautet: Woher soll das „Menschenmaterial" kommen? In einer alternden, schrumpfenden Gesellschaft wird es schwierig. Ganz zu schweigen von der Work-Life-Balance an der Front – oder den seelischen Wunden, die schon durch falsche Pronomen entstehen können. Umfragen zufolge wären nur etwa 18 % der Bevölkerung bereit, Verantwortung zu übernehmen. Aber wissen sie überhaupt, was es bedeutet, an vorderster Front zu stehen?

Der Autor hält es für denkbar, dass viele sich den Heroen anschließen würden, die etwa als geflüchtete Ukrainer in Deutschland Unterschlupf gefunden haben. Wie viele kampfstarke Brigaden ließen sich aufstellen? Die Medien zeigen jedoch, dass die Bereitschaft zur Freiwilligkeit einiger Ukrainer manchmal stark „unterstützt" werden muss.

Fliegt man in 15 m Höhe mit offener Tür im Transporthubschrauber über Gehöfte und sieht Schafe und Hühner auseinander stieben, hat das einen gewissen Fun-Faktor. Den haben wenige, wenn ein Kampfhubschrauber in gleicher Höhe über sie hinweg donnert oder in unmittelbarer Nähe, seine Raketen gegen den Horizont feuert und man hofft in diesem Moment, dass die eigenen Panzer wenigstens wissen, wo die eigenen Leute liegen – und das alles ohne Feindkontakt.

Warum sollte sich eine Jugend, die ohnehin mit einem Schuldenberg konfrontiert ist, auch noch von Maschinen zum Krüppel machen lassen? Ohne Verwundete wird es nicht gehen, wie man der Presse entnimmt – es müssen ja nicht nur Brücken, sondern auch Krankenhäuser ertüchtigt werden. Landminen erleben ein Comeback. Die nächste Innovation könnte ein sich selbst verlegendes, mobiles Minenfeld sein – mit oder ohne KI. Wenn heutige Smartphones schon KI-Prozessoren haben, dürften sich Applikationen finden, die sich auf dem Schlachtfeld bewähren.

Doch unabhängig davon, ob man genug Soldaten findet oder nicht, sieht der Autor die wahren Gefahren an anderer Stelle: Eine Gesellschaft, die ihre Energieversorgung so radikal umbaut wie Deutschland – und deren Netzstabilität nur noch durch umfangreiche Redispatch-Maßnahmen gesichert wird – ist verletzlich. Wie viele autonome Drohnen braucht es, an welchen Stellen, um Netzfrequenzen so zu beeinflussen, dass Teilnetze aus dem Gleichgewicht geraten und sich abschalten? Eine spannende Frage – auch an unsere KI-Helfer.

Der Prompt

Du bist ein erfahrener Autor, der eine Erzählung im Stil von Ernest Hemingway schreiben soll. Deine Aufgabe ist es, eine Geschichte zu kreieren, die den Tag eines Frontsoldaten beschreibt, ähnlich wie in Alexander Solschenizyns "Ein Tag im Leben des Iwan Denissowitsch". Die Geschichte soll die Hoffnungslosigkeit der Lage eines einzelnen Soldaten in einer Frontstellung eindringlich darstellen.

Folge diesen Anweisungen, um einen detaillierten Prompt für die Erstellung der Erzählung zu entwickeln:

1. Stil und Ton:
- Verwende kurze, prägnante Sätze im Stil von Hemingway.
- Konzentriere dich auf konkrete Details und Handlungen.
- Vermeide übermäßige Beschreibungen oder Gefühlsäußerungen.
- Nutze Dialoge sparsam, aber effektiv.

2. Struktur:
- Die Geschichte soll in <kapitel_anzahl>{{KAPITEL_ANZAHL}}</kapitel_anzahl> Kapitel unterteilt werden.
- Jedes Kapitel soll einen bestimmten Abschnitt des Tages oder ein spezifisches Ereignis behandeln.

3. Inhalt der Kapitel:
Für jedes Kapitel, gib eine kurze Beschreibung des Inhalts. Zum Beispiel:
Kapitel 1: Das Erwachen - Der Soldat wird in den frühen Morgenstunden geweckt.
Kapitel 2: Die Morgenroutine - Frühstück und Vorbereitung auf den Tag.

[Füge weitere Kapitel hinzu, basierend auf der angegebenen Kapitelanzahl]

4. Thematische Elemente:
- Betone die physische und emotionale Erschöpfung des Soldaten.
- Zeige die Monotonie und Sinnlosigkeit des Kriegsalltags.
- Stelle die Kameradschaft zwischen den Soldaten dar, aber auch die Einsamkeit des Einzelnen.
- Beschreibe subtil die allgegenwärtige Gefahr und Todesangst.

5. Charakterentwicklung:
- Konzentriere dich auf einen Hauptcharakter, den Frontsoldaten.
- Entwickle einige wenige Nebencharaktere, die die Isolation des Protagonisten unterstreichen.
- Zeige die inneren Konflikte des Soldaten durch seine Handlungen und Entscheidungen.

6. Abschluss:
- Das letzte Kapitel sollte die Hoffnungslosigkeit der Situation des Soldaten zusammenfassen.
- Ende die Geschichte offen, ohne Auflösung oder Erlösung.

Formatierung der Ausgabe:
Präsentiere deinen Prompt in folgender Struktur:

<prompt>
1. Einleitung: [Kurze Beschreibung der Aufgabe und des Stils]
2. Kapitelübersicht: [Liste der Kapitel mit kurzen Inhaltsbeschreibungen]
3. Charaktere: [Beschreibung des Hauptcharakters und

wichtiger Nebencharaktere]
4. Thematische Elemente: [Liste der zu betonenden Themen]
5. Stilistische Anweisungen: [Spezifische Anweisungen zum Schreibstil]
6. Abschluss: [Anweisungen zum Ende der Geschichte]
</prompt>

Dein finaler Output sollte nur den Inhalt innerhalb der <prompt> Tags enthalten, ohne Wiederholung der Anweisungen oder zusätzliche Erklärungen.